AVENTURAS TRANSCONTINENTAIS

AVENTURAS TRANS CONTINENTAIS

EDUARDO A. BENHAYON

Labrador

© Eduardo A. Benhayon, 2023
Todos os direitos desta edição reservados à Editora Labrador.

Coordenação editorial Pamela Oliveira
Assistência editorial Leticia Oliveira, Jaqueline Corrêa
Projeto gráfico, diagramação e capa Amanda Chagas
Diagramação Estúdio ds
Preparação de texto Carla Sacrato
Revisão Maurício Katayama
Ilustrações Ruy Tacchi, Clara Frederiksen Benhayon, Carolina Frederiksen

Dados Internacionais de Catalogação na Publicação (CIP)
Jéssica de Oliveira Molinari – CRB-8/9852

Benhayon, Eduardo A.
   Aventuras transcontinentais / Eduardo A. Benhayon. – São Paulo : Labrador, 2023.
   176 p. : il.

   ISBN 978-65-5625-463-0

   1. Literatura infantojuvenil brasileira I. Título

23-5804   CDD 028.5

Índice para catálogo sistemático:
1. Literatura infantojuvenil

Labrador
Diretor-geral Daniel Pinsky
Rua Dr. José Elias, 520, sala 1
Alto da Lapa | 05083-030 | São Paulo | SP
contato@editoralabrador.com.br | (11) 3641-7446
editoralabrador.com.br

A reprodução de qualquer parte desta obra é ilegal e configura uma apropriação indevida dos direitos intelectuais e patrimoniais do autor. A editora não é responsável pelo conteúdo deste livro.
Esta é uma obra de ficção. Qualquer semelhança com nomes, pessoas, fatos ou situações da vida real será mera coincidência.

Agradeço à criança dentro de cada um. Informo que, no mínimo, um terço do resultado monetário líquido desta edição será destinado à doação de exemplares para entidades como bibliotecas, orfanatos, escolas públicas e comunitárias.

Este livro contou com a inestimável ajuda da mãe do autor, Lina Beatriz de Assumpção, a quem é dedicado.

SUMÁRIO

Introdução ———————————————————— 9

LIVRO I
EPISÓDIOS NO VERÃO

A floresta e o índio ————————————————— 15
A noite enluarada na aldeia indígena e o escorpião ——— 31
Colmeias, formigueiros e o vulcão ————————— 36

LIVRO II
(VERÃO)

Embarcações indígenas e o mar ——————————— 71
Aventura no rio ——————————————————— 93
Música e inverno com neve ————————————— 103
Aeroporto, embarque e voo ————————————— 108

LIVRO III
(INVERNO)

O desembarque e a chegada aos chalés ——————— 125
O primeiro dia na montanha ————————————— 140
Caminhada na montanha —————————————— 143
Trenós puxados por cães, patinação e hóquei no gelo — 148

LIVRO IV
(INVERNO)

Snowmobiles ————————————————————— 157
Esqui alpino e helicóptero —————————————— 159
A invasão e a prova ————————————————— 166
A despedida ————————————————————— 170

INTRODUÇÃO

Luíza e Clara são irmãs gêmeas fisicamente distintas que gostam muito de aventuras com o fiel cachorro Samadhi. Como amigas inseparáveis elas têm a Ana, a Rebecca e a Jezebel, além de um índio que será oportunamente apresentado.

Elas se conheceram nos primeiros anos de escola e hoje têm entre onze e treze anos. Formam um grupo muito legal, pois todas são de índole pura, sinceras e íntegras de caráter. Além dessas fantásticas qualidades, essas meninas são bondosas, compassivas, solidárias e respeitosas com todos, principalmente entre si, o que enaltece o espírito positivo do grupo.

O irmão mais velho de Luíza e Clara chama-se Cícero. Com dezoito anos recém-completos, ele exerce com afinco e grande responsabilidade o papel de tutor informal das garotas. Representa informalmente uma instância intermediária entre elas e seus pais.

Luíza   Clara   Ana   Rebecca   Jezebel   Cícero   Samadhi

Todos vivem no município conhecido como Rio Pequeno, nome esse derivado de sua geografia, pois lá existe um rio formado por diversos olhos-d'água ramificados por um emaranhado de córregos que maiormente abastecem o veio principal. Esse, sim, jamais seca por completo, despejando suas águas no mar em um vai e vem da maré regida pelo astro Lua. O encontro da lua cheia com a chuva faz a água salobra subir o rio em até um quilômetro e responde por fauna e flora bastante especiais.

Os muitos ecossistemas que ali habitam abrigam milhões de microrganismos banhados por águas que, turvas ou translúcidas, são sempre límpidas por encontrarem-se longe da poluição humana.

Quando não chove por dias ou até semanas, o majestoso rio chega a transformar-se em um ribeirão. Todavia, quando chove forte e continuamente, avoluma-se e transborda, inundando casas, lojas, hortas e plantações. Muito transtorno e prejuízo, entretanto, muita diversão para quem gosta de brincar na chuva, poças ou mesmo nas piscinas naturais que se formam. O ápice da diversão é descer o rio em boias, uma tremenda aventura.

Voltemos às integrantes desta turma aventureira. Essas meninas não são nada ingênuas, muito pelo contrário. Além das qualidades já mencionadas, elas exaltam pureza demonstrando grande sapiência. Amadurecer sabiamente sem perder a pureza da primeira infância é uma arte. Que sejamos tão puros quanto possível, sem sermos ingênuos.

Elas são de fato exemplos a serem seguidos por todos, principalmente pelos adultos, que em grande parte deixaram a pureza para os tempos de criança, talvez movidos pelo medo de serem qualificados como bobos ou devido às más experiências vividas.

O que importa é sempre nutrir a criança que cada adulto leva dentro de si, não é mesmo? A arte de ser esperto e ganhar experiência sem perder a pureza da infância é o grande desafio. Um dom, pode-se dizer, sem a menor sombra de dúvida.

Aventuras, esportes e música são o que elas mais gostam. Também curtem jogos como quebra-cabeça, mímica, *stop*, mico, uno, *twister*, pular corda, amarelinha e xadrez — que é considerado um esporte, pois se queimam muitas calorias pensando.

Quando se trata de esportes, as irmãs Clara e Luíza são hábeis nos patins, enquanto Jezebel e Ana dominam o skate, e todas dançam como bailarinas enfeitiçadas pelo som nos fones de ouvido. Rebecca gosta de malabarismos com sua bicicleta. A verdade é que, na medida do possível, elas procuram compatibilizar jogos e esportes com aventuras ao ar livre, o que torna tudo ainda mais gostoso.

Antes de darmos andamento às fantásticas aventuras deste livro, vamos dedicar algumas palavras sobre o fiel escudeiro Samadhi, um cão realmente extraordinário da raça Bull Terrier, muito corajoso e resistente. Tem o porte médio e um grande focinho que engloba sua cabeça numa estrutura óssea oval, que lembra o tempo jurássico. Essa engenharia óssea lhe confere a mordida mais forte e perigosa entre os caninos, capaz de quebrar ossos. Seus grandes dentes rasgam o que for mordido, e os cães dessa raça têm a mania de balançar o forte pescoço para os lados enquanto a presa é destroçada pela poderosa mandíbula. Sua mira quase sempre é o pescoço dos adversários, seus oponentes costumam durar pouco tempo, e suas patas traseiras são fortes e se assemelham a patas de cangurus, o que lhe permite saltar grandes alturas. Possui orelhas carnudas e pontiagudas e o rabo é grosso e comprido. Um largo e musculoso tórax faz o bicho robusto como um pequeno touro. Dor é coisa que parece não existir. Uma agulha tem de ser grossa e resistente para furar o couro deste animal. O Samadhi é todo branco e tem uma grande mancha tigrada ao redor de seu olho direito. Existem outros cães da mesma raça que têm quase toda a pele tigrada.

O cachorro chegou com vários irmãos pequeninos para que as irmãs escolhessem qual seria o presente de aniversário de dois anos delas. Um dos filhotes distanciou-se dos outros e foi parar junto ao berço das meninas, cheirando-as como quem encontrara sua nova família, e já estava resolvido quem seria o escolhido: aquele que confraternizava com as meninas.

Muito bem, segue uma imagem que é para impressionar mesmo:

Na residência das irmãs ainda viviam duas gatas, uma chamava-se Branquinha e a outra, Morena. Uma era branca de olhos verdes, daquelas preguiçosas que dormem dezoito horas por dia e têm medo da própria sombra; a outra era negra, líder e exímia caçadora, protetora contra ameaças e invasões, destemida e audaciosa. Além de outros gatos, até cachorros já correram dela de tão valente que é. Tem os olhos verdes fascinantes como esmeraldas.

O cão e as gatas se deram muito bem, apesar daquela conversa fiada de que cachorros e gatos não podem ser amigos. Certamente, o fato de todos terem chegado pequenos na família no mesmo período ajudou bastante a integração dos bichos. O cão também já salvara as colegas de cachorrões covardes e malvados que atacam em grupo, destroçando o líder deles em segundos e afugentando os demais, mas isso é outra história.

Devido ao seu impecável caráter e "poder de fogo", o cão só opta pela agressividade em caso de legítima defesa, mesmo porque basta o bicho rosnar para que eventuais oponentes percebam o tamanho da encrenca e escolham fugir ou optar pela diplomacia.

Agora se preparem, pois a seguir vamos contar algumas das melhores aventuras desta turma e de seus animais favoritos.

EPISÓDIOS NO VERÃO

LIVRO I

1

A FLORESTA E O ÍNDIO

As residências das meninas eram bastante próximas e elas foram despertas pelo duelo da cantoria que se trava todas as manhãs entre o galo da Ana e o jegue da Rebecca. As meninas já haviam decidido na véspera que o destino do amanhã seria uma aventura pela floresta. O sol recolhia as gotas de orvalho quando o relógio apontava quinze para as seis da manhã e os animais perdiam o fôlego gasto na cantoria.

As meninas pularam de suas camas, escovaram os cabelos e os dentes e saíram apressadas. Já na praça diante de suas casas, o cão parecia um coelho saltitante a pular ao redor da turma, e as meninas checavam seus bolsos, zíperes e mochilas, certificando-se de que tudo estava devidamente fechado.

Decidiram levar dois cantis de água de bom tamanho, bananas, nozes e muitos chocolates. Uma inteira e indispensável peça de salame, pois planos de retaguarda por prudência sempre são bastante recomendáveis.

Aventurar-se significa lançar-se a novos desafios, postar-se na linha de frente com o desconhecido. Isso posto, é sempre recomendável estar alerta e precavido, pois imprevistos e descobertas fazem parte "do pacote".

Pode-se aprender pelos ensinamentos repassados por terceiros através de livros ou ouvidos, ou por experiência direta. Daí o charme de toda aventura.

Diante da televisão estamos mais passivos que diante de um bom livro. Através da leitura, nossa imaginação viaja com a força das palavras, e vamos combinar que as crianças têm imaginação em abundância, mas aprender pela experiência pessoal direta é outra história.

Entusiasmada para chegar à floresta, a turma deveria pedalar suas bicicletas (o cão sempre a correr na frente), transpor a pracinha que fica além da Rua Catuti e atravessar o grande bosque. Algumas ruas locais eram de paralelepípedos, o que requer atenção extra pela irregularidade nas junções das pedras, lembrando que, quando úmidas, parecem grandes barras de sabão por se tornarem muito escorregadias.

E, assim, a turma adentrou o bosque!

Avançaram em direção à floresta até onde somente se poderia continuar a pé. O que separa o bosque da floresta é o rio a ser atravessado. Do lado da floresta, a trilha bastante cascuda do bosque deixa completamente de existir, o que torna o percurso bem mais difícil.

Para facilmente encontrar as *bikes*, elas as camuflaram em uma densa mata, que rodeava uma enorme árvore milenar e possuía uma toca de pica-pau, impossível de ser confundida.

Agora era abrir passagem mata adentro com um facão, como os bandeirantes do início do século 16. A busca por conhecimento e diversão requer esforço e certas habilidades.

— Qual é a ordem do dia? — gritou Jezebel.

— Aprender e se divertir! — responderam todas as outras em uníssono.

Graças às florestas, ainda existem muitas comunidades indígenas e centenas de idiomas diferentes falados no território hoje conhecido por Brasil, ou seja, ainda resta alguma oportunidade de aprendizado, respeito e maiores chances de sobrevivência humanitária.

A título histórico, lembra-se que os colonizadores do Brasil procuraram escravizar os índios e que, além das mortes por tortura e execuções, milhões de nativos morreram infectados por doenças até então não existentes no território local, trazidas pelo homem branco.

Voltando à aventura em curso, repentinamente um pássaro da família dos corvídeos, conhecido como gralha, acompanhava a turma do alto das árvores e atacou a todos com voos rasantes numa situação deveras assustadora. O lindo pássaro de penas lustrosas azul-violeta-escuro com a cabeça preta estava furioso e gralhava um agudo bastante forte. Ana logo compreendeu que quanto mais elas se aproximavam de uma determinada árvore, mais aumentava a agressividade do pássaro, cada vez mais audacioso. Naquela árvore estava sua parceira acomodada em ninho com seus filhotes a olhar fixamente o que acontecia abaixo, pronta para juntar-se aos ataques desferidos por seu companheiro.

Com os braços sobre as cabeças baixas e a passo apressado, as meninas instintivamente fugiam do ataque do feroz pássaro. Ao compreender que a turma não tinha intenção de ameaçar seu ninho, a ave fez um último voo rasante batendo suas asas na cabeça de uma delas, mas agora sem tentar usar seu forte bico e garras. Garantida a circunstância de paz, a fascinante gralha crocitou de forma diferente e vitoriosa, e pousou junto à sua família. Embora assustadíssimas, as meninas foram deixadas em paz. O cão, que outrora latia e pulava procurando manter a ave longe ou mesmo capturá-la, respirava ofegante.

A ave acompanhava com os olhos o distanciamento da turma até que um bando de borboletinhas amarelas a sobrevoou como uma nuvem, que se estendia acima do caminho aberto pelo riacho de águas fortes. Alguns sapos coloridos que estavam nas pedras aproveitavam as pequenas voadoras como refeições amareladas.

A turma, em silêncio, atravessou o riacho de pedra em pedra, aliviada por ter escapado da ave enfurecida. As meninas seguiam por uma estreita trilha de subidas e descidas alternadas em curvas abertas e fechadas em todas as direções quando deram de frente com um javali, provavelmente fugido de um criadouro, visto que esse bicho é mais comumente encontrado em outros continentes.

Ficaram petrificadas pelo medo. O bicho assemelhava-se a um monstro, pois, com mais de um metro de comprimento e pesando cerca de cento e cinquenta quilos, tinha grossos dentes curvados para cima e para fora da boca, como poderosas presas de considerável poder destrutivo.

Haja coração!

Jezebel, num impulso instintivo, ofereceu ao javali parte do salame que estava pendurado na mochila de Clara. O bicho imediatamente transformou-se em amigo do grupo logo à primeira mordida no tal salame, inclusive do cão Samadhi, que o cutucava com a ponta de seu focinho querendo participar do banquete improvisado. Este javali, ou quem sabe porco-do-mato, apesar da aparência selvagem e ameaçadora, era amistoso e todo rosado. Tinha uma mancha ao redor de seu olho esquerdo, idêntica à mancha do cão, só que do outro lado da cara. Isso, com certeza, ajudou o respeito mútuo e imediato, e o cão deixou o porco aproximar-se das meninas, cheirá-las e lamber-lhes as mãos. Certamente "o conjunto da obra" convenceu o cão protetor de que aquele bicho recém-chegado não queria encrenca e vice-versa. Por fim, o mais novo membro da turma lambeu o focinho do cão, selando a paz e a amizade entre todos.

Puseram-se novamente a caminhar como se o dia jamais acabasse, aproveitando a jornada passo a passo, quando logo à frente o Rio Pequeno a ser transposto apareceu. Fronteira entre o bosque e a floresta, adiante estaria a mata fechada. Sem mais qualquer trilha. Todos se entreolharam num momento decisivo da jornada. Era abraçar o espírito aventureiro com coragem ou desistir.

A dúvida pairou apenas por alguns instantes, pois Ana pontuou que o cão já sumira mata adentro seguido pelo porco-selvagem. Eles estavam fazendo o reconhecimento do terreno e o cão voltou indicando que estava tudo em ordem, de modo a não haver mais como recuar.

— Vamos seguir o nosso bebê-monstro! — Luíza bradou, imperativa. Por vezes era assim que carinhosamente chamavam o cão, e, passando a mão pelo corpo do amigo, disse:

— Vai, estamos logo atrás de você.

O fiel escudeiro então sumiu floresta adentro e o enorme facão preso a uma das mochilas foi desembainhado e posto em uso para começar a abrir caminho.

Elas ainda traziam consigo *band-aid*, esparadrapo, canivetes e repelente. Além disso, também transportavam redes protetoras contra os infinitos insetos presas sobre os bonés, o que mais à frente lhes seria útil ou mesmo indispensável.

Com relativa habilidade, Rebecca atravessou o segundo riacho em direção ao caminho recém-aberto por Luíza e foi cuidadosamente seguida pelas amigas, pois, para andar como índios na floresta, só índio mesmo. A professora Janaína falou que os índios tocam o solo enquanto os outros humanos o pisam, o que brevemente seria confirmado. Fazendo parte da mata, os índios se locomovem com habilidade ímpar. Trata-se de hábito, respeito, sapiência e total integração.

As meninas prosseguiam olhando para o chão no máximo de suas competências, procurando evitar esmagar algum bicho, um caminho de formigas ou mesmo uma cobra. Fantásticas árvores centenárias, ou mesmo milenares, abraçadas por uma infinidade de vegetação diversificada, se apresentavam ao redor por todo o percurso.

Após uma verificação mais apurada, Clara alertou as amigas de que o novo integrante da turma era uma fêmea, então Ana sugeriu:

— Que tal chamá-la de Porca Pink?

Nesse exato momento, um lobo selvagem apareceu da mata fechada e tentou se aproximar pela lateral. Antes mesmo que Samadhi pudesse retornar de seu posto à frente da fila indiana, a javalina rosada enfrentou o intruso trombando seus fortes dentes contra o animal, que se pôs a correr. Felizmente, o intruso debandou como um carneirinho assustado frente à coragem e determinação da porca, e a turma, pra lá de assustada, retornou aos poucos a respirar normalmente.

— Mas será que o lobo apenas esquivou-se para buscar o resto da alcateia? — ponderou Clara.

— Já sei! — disse Ana. — Devemos chamá-la de Valente! — completou, desviando-se do olhar ainda assustado de Rebecca, procurando mudar de assunto para manter a calma.

Sabe-se que animais sentem o cheiro do medo e atacam preventivamente em defesa a um eventual ataque iminente, motivados por sentirem-se fortes perante o medroso. A primeira coisa a se fazer em qualquer situação de perigo é reconhecer o medo, pois este é um mecanismo de alerta, e dominá-lo rapidamente. Só assim pode-se ampliar as chances de um desfecho satisfatório. Resumindo, perceber o alerta e imediatamente controlá-lo é sempre a melhor alternativa.

E, seguindo o exemplo, manifestou-se Luíza:

— Temos agora na turma uma porca ou javalina ou o que seja, selvagem e valente, que atenderá pelo nome de Pink ou Valente?

Imediatamente completou Clara:

— Que seja Javalina ou Porca Pink Valente, o que vocês acham?

Todas agradeceram a valentia da nova amiga com carícias e repetiam junto às grandes orelhas seu novo nome de batismo como em um mantra:

— Você agora para nós chama-se Pink Valente.

— Não sabemos em qual tipo de animal você especificamente se classifica, mas sabemos que você é algum tipo estranho de suíno, tipo sangue bom, que é o que realmente importa — completou Rebecca.

O cão saltitava de alegria e lambia as grandes narinas de Pink Valente, como que agradecendo por ela ter salvado as meninas. A rosada javalina, porca, ou sabe-se lá o que ela de fato era, abanava suas orelhas e grunhia alegre não apenas pelo reconhecimento geral de seu ato heroico, mas aparentemente por ter gostado de seu novo nome de batismo, pois, quando alguém pronunciava Pink, Valente ou Pink Valente, ela já olhava e grunhia em retorno.

As meninas continuaram a caminhar aliviadas com a nova integrante da turma, que se embrenhava na mata, desaparecendo, para novamente surgir e se fazer percebida. Era uma fêmea bastante simpática e amistosa.

Vez por outra, até aparecia uma gralha a crocitar bonito do alto. Seria a mesma ave, outrora agressiva, a cantar? Só podia ser a mesma gralha de antes. Elas podem imitar outros pássaros e possuem mais de uma dezena de cantos diferentes, mas será que é a mesma ave? Qual é a agenda desta voadora? O que tinha em mente?

A nova amizade se consolidara com Pink Valente quando o instinto do Samadhi fez dele um cão nervoso, o que jamais poderia ser um bom sinal, dado o lugar em que eles se encontravam, agravando a desconfiança de que aquele lobo voltara com sua alcateia. Todas notaram a mudança de comportamento do fiel escudeiro, e não se via javalina.

A ave, que trocara sua música por estridentes sinais de aviso, pousou no alto de uma árvore para olhar o que se sucederia. Repentinamente, constatou-se correto o instinto do cão, e sobre uma grande pedra adiante estavam vários lobos. A líder do grupo postava-se no meio do caminho por onde eles haveriam de passar, com o olhar fixo, e rosnou. Era uma fêmea alfa, a líder. Um ataque, assim como o fim de todos, parecia iminente. E eles iriam virar comida de lobos.

Samadhi ignorou a explícita ameaça da loba selvagem, aproximando-se numa cadência ininterrupta para o que poderia resultar em uma luta até a morte. Inesperadamente, a tensão dissipou-se, pois os dois pareciam desfrutar de uma inexplicável, mas muito bem-vinda empatia. Deixando-se inspecionar como uma estátua, mas com diferentes rosnados, a loba percebia que o cão lhe fazia a corte. Por que esta loba deixou-se cortejar por um cão acompanhado de seres humanos? Será que este cão teria sangue de lobo? Os animais mais perigosos do planeta são difíceis de compreender. Boa hora para lembrar que estas meninas são boas de coração, puras e bondosas. Certamente a loba cheirou tudo isso e seguiu seu instinto. Ou, vai ver, os lobos tinham acabado sua última refeição recentemente. Ou será que foi amor à primeira vista e estes dois formariam um ótimo casal?

O certo é que tudo parecia se acalmar, e a turma crescia fazendo novas amizades. Mas eis que o antigo parceiro da loba, o lobo que antes os atacara, pulou do alto da grande pedra sobre Samadhi, que, numa velocidade ainda maior, grudou sua barriga no chão, virou sua boca de poderosos dentes e, utilizando-se de sua força bruta nas patas anteriores, pulou contra o lobo que mergulhava sobre ele, abocanhou-lhe o pescoço em pleno voo, jogando-o no chão com o pescoço preso, e começou a sacudir com vigor sua cabeça para os lados, com o inimigo preso em sua poderosa mandíbula.

O lobo desmaiou ou fora morto por asfixia.

Nesse momento, a loba abaixou o focinho entre as patas, reverenciando o vencedor, e o ato foi acompanhado por todos os outros integrantes da alcateia.

Será que Samadhi havia matado seu agressor?

O que teria acontecido caso o lobo tivesse prevalecido?

A turma teria virado comida ou apenas seria estraçalhada por seus agressores?

Cerca de longos trinta segundos se passaram sem que o animal tombado voltasse a respirar. O bom cão evitara cravar-lhe os dentes, fazendo-o apenas desmaiar com a pressão da mordida que lhe aplicara no pescoço. Ele poderia facilmente ter matado o lobo, mas não o fez. O cão é um bicho de muito boa índole, mas ele perderia a chance de acabar com seu adversário de uma vez por todas?

Aconteceu que o lobo derrotado perdera seu status na alcateia e, caso sobrevivesse, deveria partir ou respeitar o novo macho alfa que dividiria a liderança do grupo com a loba. O lobo caído permanecia imóvel, barriga para cima e cabeça virada para trás, com a língua tombada para fora da boca, mas seu estômago evidenciava uma respiração.

O bicho desmaiado finalmente recobrou a consciência, levantou-se e saiu para o lado cambaleando cabisbaixo. Caso o lobo viesse a procurar nova oportunidade de confronto, certamente Samadhi não mais o deixaria viver, mas ele conformou-se reconhecendo a superior agilidade e força do cão. E um novo líder respeitado por seu mérito surgiu, mesmo não tendo sangue de lobo.

Neste momento de revelações, sobre a mesma grande pedra outrora repleta de lobos, um indiozinho com as mãos na cintura e forte sotaque bradou:

— Bem-vindos a meu maravilhoso Palácio de Versalhes! — Com uma gargalhada de dar gosto ele fez um gesto circular com os braços para a floresta ao seu redor, reverenciando-a, e acrescentou com nítido orgulho, enchendo os pulmões de ar: — Esta é a minha floresta!

Parecia um príncipe confiante a clamar titularidade sobre o que lhe pertencia. Um legítimo herdeiro de um tesouro imensurável. Como se um não pudesse existir sem o outro.

Agora só faltava aparecer o Curupira com seus pés virados para trás. O cão, em dois rápidos saltos, já lambia-lhe as pernas com um balançar de rabo frenético. Eles certamente já se conheciam, mas como? Quando e onde nosso querido e fiel cão tivera a oportunidade de conhecer este indiozinho?, perguntavam-se as meninas com um pingo de ciúmes e muita curiosidade.

— Como você se chama? — adiantou-se Jezebel, já que o resto da turma parecia hipnotizada.

— Meu nome é Cauan, que na minha língua significa falcão ou gavião, e eu adoro chocolates. Alguém tem chocolate por aí? Caso queiram me chamar de índio, fiquem à vontade, tenho muito orgulho de minha origem. — E o jovem ostentou um branco e simpático sorriso.

A turma apresentou-se num sincronismo aparentemente ensaiado:
— Eu sou a Rebecca.
— Eu sou a Ana.
— Sou a Jezebel.

— Nós somos Clara e Luíza. — E Clara acrescentou: — Esta javalina ou porca aí chama-se Pink Valente, e este bicho paparicando demais você é nosso fiel cão Samadhi.

— Parece uma mistura de cachorro com tubarão — riu o intrépido rapaz. Cão e índio se entreolhavam misteriosamente, quando algumas palavras em sua língua nativa romperam um breve silêncio e um lambia o rosto do outro.

Cauan procurava abrir ao máximo a boca do cão e tentava enfiar sua cabeça dentro. Uma cena bastante engraçada.

A jornada prometia novos amigos a todo momento. A ave outrora inimiga fez um voo rasante entre todos em curva, derrapou forte no ar e pousou delicadamente no ombro direito do índio, que lhe emitiu um rápido e estranho assobio em reconhecimento. Tudo estava muito claro e um pouco assustador. A ave era amiga do índio, que parecia realmente ser afortunado como dono de tudo e de todos. A alcateia de lobos juntava-se ao índio como que um grupo de cães domésticos reencontrando seu benfeitor. A ave permanecia no ombro do rapaz, protegida.

— Este é meu parceiro voador. Estamos de olho em vocês há um bom tempo — disse o índio, completando: — Eu o chamo de Gralha.

— Então você nos acompanha há muito tempo? — perguntou Ana com um ar desconfiado.

— Sim — respondeu Cauan. — Antes mesmo de vocês entrarem na floresta. Desde o bosque eu já as monitorava com os olhos da minha amiga macaca. — E apontou o dedo para a copa de uma imensa árvore ao longe, onde obviamente ninguém viu nada, mas certamente ali estaria uma macaca, que, mesmo camuflada pela vegetação, proferiu uma sequência de gritos, sentindo-se incomodada por ter sido exposta a estranhos humanos.

Além de uma ave e uma macaca, quem mais o seguia era o que pairava dentro da cabeça das meninas, que, curiosas, perguntaram em conjunto:

— Quantos animais você julga como seus ou te seguem pela floresta?

— A floresta toda! — riu alto o indiozinho com um traço maroto de gozação no canto da boca. — Já não falei que tudo aqui é meu? — E não parava de rir, como que zombando da máxima que, para grande parte dos índios, tudo é de todos.

No fundo de seus corações e mentes, as meninas invejavam o índio, pois, enquanto elas se julgavam donas de seus quartos, ele se julgava dono da floresta inteira.

Este índio que mal portava vestimentas era infinitamente mais rico que todas juntas.

— Contem logo! — prosseguiu o indiozinho afoito. — O que vocês estão fazendo perdidas por aqui?

As meninas se entreolharam respondendo novamente em coro:

— Estamos nos aventurando, aprendendo muitas coisas e fazendo muitos amigos.

— Além de que não estamos perdidas, temos um aplicativo de GPS que serve como bússola e mostra onde estamos e qual a direção de volta para nossas casas — disse Rebecca.

Foi então que o indiozinho riu mais alto ainda.

— Eu me atento à mata e me oriento pelo sol, pela lua e estrelas. Também tenho meus amigos que me ajudam.

Pois é, o GPS não mostra os perigos presentes e a tecnologia do rapaz era seu habitat todo.

— Venham comigo que tenho muito mais a lhes mostrar — continuou o indiozinho. — Esta floresta é um milagre contínuo do Universo, uma mágica, assim como todos os mares e florestas do planeta. Fantástica, mas muito perigosa para quem não é conhecedor de seus pormenores. Posso ser o guia de vocês por uma barra de chocolate, e assim não se colocarão em perigo mais do que o necessário!

O rapaz deu uma piscadela que desmentia sua condição de guia por chocolate, enquanto as meninas se perguntavam quais novos perigos ainda poderiam enfrentar.

Na realidade, a turma estava de fato muito feliz com o novo amigo e pôs-se a segui-lo, procurando pisar onde ele pisava.

A alcateia sumira furtivamente. Os lobos tinham planos para vigília de uma ninhada recém-nascida e partiram sob o comando da fêmea alfa, não sem antes a líder encostar focinhos com o cão e deferir-lhe uma bela lambida.

Após a aparição dos outros animais, e a necessidade de terem o rapaz andando com elas por conta dos possíveis perigos, ficou claro que a escolha por uma aventura nesta floresta tinha sido uma decisão irresponsável.

Cauan festejava o encontro com Samadhi, que ia e vinha pulando sobre o rapaz sem conter sua alegria. Por vezes, o rapaz insistia em tentar enfiar sua cabeça dentro da boca do cão, o que continuava a parecer meio estranho, e o bicho abria a boca tanto quanto podia, aproveitando para lamber o rosto do companheiro, como antigos e melhores amigos a matar a saudade um do outro. Dava gosto de ver, mesmo sem entender de onde vinha tanta afinidade.

A javalina Pink Valente passava por eles e grunhia alegremente a balançar seu rabo encaracolado. O índio dava tapas no traseiro dela toda vez que ela passava por perto e recebia outro grunhido satisfeito em retorno.

O jovem liderava a fila indiana, obviamente, por estar em seu habitat natural e possuir mais conhecimento do que o restante da turma.

Após uns duzentos metros de mata percorrida, Samadhi latia e uivava ao mesmo tempo, de um modo bastante peculiar, para depois ficar imóvel esperando uma resposta que chegava só a seus poderosos ouvidos. Ninguém mais escutava, além de Pink Valente, que, a seu modo, emitia grunhidos alongados, também parecendo responder ao que apenas ambos demonstravam ciência. As irmãs sabiam o que estava acontecendo. O cão e a porca se comunicavam com outro animal — uma gata, que andava muito bem escondida pelos arredores com eles. Até que o índio perguntou:

— Com quem esses bichos estão conversando?

E, misteriosamente em resposta, ouviu-se um miado aproximando-se. Samadhi virou para fitá-lo e Clara respondeu que era a gata Morena, que adora uma aventura, mas é muito discreta, só aparece aos olhos em raras oportunidades, conforme seu próprio discernimento. Nem o índio conseguira detectá-la.

— Vocês vão querer passar a noite na floresta? — perguntou ele, e todas se entreolharam. — Prometo que cuidarei de todos, e vocês poderão vivenciar como a floresta muda à noite. Muitos bichos, plantas e insetos acordam apenas para desfrutar sua rotina de vida e caça noturna. Por ser lua cheia, preparem-se para uma experiência inédita e fantástica. Podemos dormir na minha aldeia, que não está muito distante, e o pessoal vai adorar recebê-los. Portanto, chega de papo e vamos! Procurem não fazer barulho. — E seguiu em frente como se tivesse escutado uma implícita resposta em concordância, nada mais restando à turma, que, sem hesitar, esforçava-se para silenciosamente acompanhar os passos do índio.

O plano estava indo de vento em popa. Dentro das cabeças das meninas maquinavam pensamentos de como haveria de ser emocionante passar uma noite protegidas por nativos em uma aldeia indígena no meio da floresta.

Todos os corações batiam ansiosos. *O que mais haveria de acontecer?*, pensavam nossas corajosas aventureiras.

— Pera aí — sussurrou Clara. — Precisamos avisar nossos pais!

Usando mensagens de texto, elas os informaram sobre o andamento da aventura, que estavam todas juntas e que retornariam no dia seguinte. Como todos se conheciam muito bem e confiavam no discernimento das meninas, por estarem juntas, ficaram despreocupados. Ademais, todos confiavam no intrépido cão guardião que jamais saía de perto.

O grupo atravessava a floresta com certa dificuldade, era tão fácil para o indiozinho que até irritava.

— Sigam a trilha! — disse Cauan.

Mas que trilha?, pensavam elas. Ele tocava o chão da floresta com suavidade, como alguém de chinelos dentro de sua própria casa. Parecia flutuar em meio à vegetação, galhos e espinhos. As meninas pisavam brutalmente o chão, deixando pistas de sua passagem numa diferença óbvia. Um animal faminto teria facilidade em encontrar o rastro delas.

O entardecer presenteou-os com um crepúsculo no horizonte, num misto rosa grená e roxo-alaranjado, tom sobre tom, degradê. Anoitecia rápido e eles já estavam quase chegando à aldeia.

O cão demonstrou-se afoito ao perceber que outros os seguiam, e Cauan acalmou a turma:

— Estamos sendo acompanhados por caçadores da minha aldeia, que estão nos protegendo da onça-pintada que rodeia a região à procura de comida para seus filhotes.

— ONÇA-PINTADA!? — perguntou Rebecca com um grito abafado pelo medo.

— Sim — respondeu Cauan tranquilamente. — Ela sai à noite e pode ser perigoso, pois ela está alimentando seus três filhotes e ensinando-os a caçar.

Falou como se isso fosse a coisa mais normal do mundo. As meninas gelaram e prosseguiram tentando fazer o mínimo de barulho possível. Não queriam chamar a atenção da onça de jeito nenhum. Não era para isso que elas tinham trazido um facão, que, aliás, de nada adiantaria.

A Porca Pink Valente por vezes cortava a fila, pois a mata não a incomodava. Ela passeava como que por um belo jardim de rosas, atravessando cipós e a mata fechada com admirável facilidade e rapidez.

Estava claro que todos ali estavam mais adaptados à vida na floresta que as garotas. Isso era bastante desapontador, mas muito emocionante. Uma verdadeira aventura pelo desconhecido.

2

A NOITE ENLUARADA
NA ALDEIA INDÍGENA
E O ESCORPIÃO

A tribo fora avisada, por um daqueles que escoltavam a turma em direção à aldeia, para obter do Cacique a autorização de entrada, imediatamente concedida.

Ao chegarem, eles foram recebidos por Lara e por Andú, irmã e mãe do Cauan.

Elas carregavam uma grande cesta de frutas e proferiram saudações na língua nativa, além de outras palavras para Cauan que apenas foram compreendidas por ele e pelos nativos que estavam por perto. A família se abraçou afetuosamente com a chegada do pai do rapaz.

— Filho, quantos novos amigos! — o pai de Cauan falou a seu filho ao chegar.

O papagaio no ombro da mãe Andú falava incessantemente até ser repreendido por ela e decidir voar para o ombro de Clara, bicando-a gentilmente na bochecha, como que a beijá-la.

Em ambientes opostos estavam grupos de pessoas sentadas conversando e rindo abundantemente. Ao centro, um grupo sentava-se ao redor da maior das fogueiras. Mais de trezentos integrantes da tribo trocavam reverências com a turma, que seguia Cauan em direção ao Cacique, que os recebeu com um largo sorriso.

Ao longe, junto à entrada de uma distinta cabana feita com marimbus, piaçavas e sapês, dois grupinhos aguardavam para ter com o Pajé, também conhecido por Xamã. A ele atribuem-se autoridade, poderes oraculares e curativos. Cauan, esfuziante, não se continha e foi logo informando:

— Nosso Xamã é bárbaro, fala muito mais palavras com plantas e animais do que com pessoas. Seus visitantes quase sempre escutam seus risos, mas sequer uma palavra, todavia todos saem satisfeitos. — E ele riu alto daquilo que acabara de dizer.

A aldeia cercava-se do mais lindo jardim que se pode imaginar. Todo natural e plantado pelos indígenas. Para melhorar, de um lado ouvia-se o correr do rio, do outro, o cair de uma cascata.

E o anfitrião continuou:

— Nosso Xamã passa praticamente o dia inteiro conversando com as flores e todos os bichos da natureza. Vive entre arbustos, árvores e cipós, com palmeiras e colmeias camufladas ou não por trepadeiras, plantas jiboias, dentre um intangível número de espécies de flores (lírios, jasmins, orquídeas, hortênsias, begônias, volúbeis, madressilvas, cristolóquias); e frutas de todos os tipos, tamanhos e gostos — dizia notavelmente Cauan, mostrando um grande conhecimento de botânica. — O Xamã usa um chá feito da mistura de folha de chacrona com cipó mariri, que o ajuda a reconhecer o potencial dos vegetais e achar na floresta o que quer que ele esteja procurando. Graças a ele, mês passado achamos o esconderijo de uma onça que havia comido diversas pessoas da tribo.

E prosseguiu como se tudo aquilo fosse a coisa mais normal do Universo, indicando muito mais fauna e flora em uma biodiversidade ainda não catalogada por qualquer humano de pele branca. Emitiu uma pequena risada nervosa, e prontamente informou:

— Nossos ancestrais nos informaram já terem perdoado o homem branco por todo o massacre causado aos povos indígenas.

As meninas refletiram angustiadas por um momento.

Na aldeia, várias crianças corriam e pulavam com a participação de alguns macaquinhos. Cauan assobiou e todas pararam para cumprimentar as meninas, Pink Valente e o cão. As crianças se amontoaram na turma para rir das hóspedes cobertas por mais roupas do que parecia necessário e tocá-las com mãos curiosas para sentir a textura de tecidos e peles de cores diferentes, mas sobretudo para brincar.

— Damos muita importância às brincadeiras — adiantou-se o Cacique que por ali passava.

Após o frenesi do encontro, a turma foi guiada por algumas nativas para uma grande oca, onde, em redes suspensas, passariam a noite. O local existia apenas para receber visitantes. A tribo era deveras hospitaleira.

No jantar, desfrutaram uma saborosa sopa de legumes seguida de deliciosas mangas. Então cada uma foi ao encontro de um grupo diferente dos nativos e permaneceram até tarde da noite absorvendo tudo como se por osmose. Mais tarde, elas dirigiram-se para a oca e deitaram-se em suas respectivas redes. Aproveitavam para escanear o ambiente ao redor e "fazer um *download*" de tudo o que lhes estava acontecendo.

Todas em silêncio a escutar a sinfonia da floresta ao redor.

Em meio a isso tudo, a gata Morena adentrou imperceptivelmente à grande oca passo a passo, em movimentos minuciosamente articulados, sem dar atenção para mais nada do que estava acontecendo à sua volta, em absoluta concentração. Totalmente focada, por vezes parava e permanecia imóvel como uma estátua, para recomeçar seu trajeto, seu objetivo, sua missão.

Estaria ela caçando alguma ave, aracnídeo, réptil ou inseto? Samadhi a olhava imóvel, parecendo estar ciente do que estaria por acontecer. Repentinamente, ela disparou como uma flecha em altíssima velocidade e saltou sobre Rebecca na altura de seu pescoço, apavorando a todos. Em sua boca, um escorpião extremamente perigoso que, da gola da blusa, preparava-se para ferroar o pescoço da menina. Mas a gata foi mais rápida.

O susto foi enorme.

Morena brincava no chão com sua caça ainda armada para o combate. A fim de exibir sua superior habilidade, finalmente deu uma mordida certeira e fatal na cabeça do escorpião para devorá-lo rapidamente.

Despercebida pelos humanos praticamente o dia todo, Morena aparecera na hora exata. Samadhi foi até ela e deu-lhe longas lambidas. Pink Valente grunhia feliz, pulando e correndo o perímetro interno da oca como uma louca. Rebecca deu-lhe um forte abraço e encheu-a de beijos, grata por ter tido a vida protegida.

Jezebel, Ana, Clara e Luíza estavam petrificadas. Morena salvara Rebecca.

Escorpiões podem ter um veneno muito poderoso, advertia continuamente a professora de ciências biológicas na escola:

Alunos, se virem uma cobra ou uma aranha, fujam, mas, se virem um escorpião, fujam mais rápido ainda!

Imagine um escorpião pronto para ferroar seu pescoço?

A menina fora salva pela valentia e superioridade da poderosa gata.

Morena continuou a ser disputada, abraçada e beijada por todas as garotas, e por fim pulou em fuga de todo aquele assédio, indo lamber-se toda, com o escorpião morto dentro da barriga. O perigoso artrópode virara uma iguaria bastante apreciada pela gata, que instintivamente sabia que uma única ferroada lhe causaria uma morte bastante dolorosa. É claro que ela evitaria este tipo de refeição se não fosse para salvar Rebecca.

Os sons da floresta à noite são completamente diferentes daqueles que se escutam durante o dia. Uma sinfonia tocada por bilhões de instrumentistas de todos os portes e espécies proporcionam experiências únicas, mágicas e distintas.

Por vezes, sobressaltam uns atores; por vezes, outros, numa alternância entre espécies em conjunto com outras espécies, impossível de se descrever com palavras.

A depender da estação do ano, a depender das chuvas, da temperatura e dos ventos, tudo muda novamente.

Aves noturnas como:

1. João-corta-pau, que em seu período reprodutivo, assim como as demais, encontra-se bastante encorajado a cantar.
2. Bacuraus-chintãs.
3. Bacuraus-da-telhas.
4. Curiangos.
5. Bacuraus diversos dentre as mais de vinte e cinco espécies encontradas no Brasil.
6. Tujus.
7. Urutaus.
8. Murucututus-de-barriga-amarela, assim como outras espécies de corujas; e mais centenas de outras espécies em suas mais diversas vocalizações, acompanhadas por bilhões de insetos, como grilos e cigarras que transitavam fora da oca. Vaga-lumes pareciam fazer um espetáculo infinito de pequenas estrelas cadentes.

O espetáculo era incrível e inesquecível.
Que noite fantástica a turma vivenciava.

3

COLMEIAS, FORMIGUEIROS E O VULCÃO

Ao raiar do sol, a aldeia despertou outros piados dentro e fora das ocas anunciando um novo dia cheio de vida e oportunidades, mais um presente do Universo. A mágica jornada noturna ficara para trás, e, apesar de ninguém se lembrar de quaisquer minutos de sono, as meninas e seus acompanhantes estavam descansados e fortes.

A gata Morena transitava do lado de dentro da oca aguardando o momento certo de sair, e lá fora o Samadhi e a Pink Valente pareciam brincar de estátua enquanto saltitava alternadamente nas costas de ambos, bicando-os gentilmente atrás de suas orelhas, o papagaio de dona Andú.

Com o hábito de escovar os dentes antes e depois do café da manhã, as meninas mantêm seus dentes brancos e bem cuidados. Edu, pai das irmãs Clara e Luíza, sempre repetia que o dia haveria de ser tão bom quanto a primeira escovação e a noite tão boa quanto a última, portanto todas caprichavam muito ao escovar depois do café da manhã e antes de dormir, e ainda dividiam a tarefa de escovar os dentes do cão, que adora o ritual. Portanto, elas sempre andavam com suas inseparáveis escovas de dentes portátil, em algum zíper qualquer. A carência do açúcar processado para os indígenas é um ótimo fator na prevenção da cárie dentária. Devido ao cálcio, o leite e seus derivados são essenciais para a boa formação óssea e dentes, portanto diariamente indispensáveis aos jovens.

Cauan chegou com um chocalho chamado maracá improvisando uma música para estimular a turma a partir rumo à nova aventura do dia, que começaria por ladear as margens de um riacho de águas cristalinas.

Andú passava nas meninas um composto amassado de citronela, que é uma planta medicinal repelente de insetos, bactericida e calmante.

A turma partia se despedindo de todos pelo caminho até que, ao chegar junto às águas do riacho, o cão pulou dentro, enquanto Pink Valente se enlameava numa poça para se refrescar e proteger sua sensível pele do sol, grunhindo de felicidade.

Com seus cantis reabastecidos com água fresca, começou uma nova aventura no maravilhoso dia que se apresentava. Mesmo caminhando, eles aproveitaram para detonar o que sobrara de suas barras de cereais e demais frutas oferecidas pelas índias numa deliciosa refeição matinal. Um restinho do salame inicialmente usado para conquistar a "porca-javali" foi liquidado pela recém-aparecida gralha, que o bicava freneticamente enquanto a gata heroica deliciava-se com um louva-a-deus recém-capturado, para prontamente iniciar seu ritual de esbarrões em todos e assim demonstrar simpatia e afeto, requerendo carinhos e atenção. O louva-a-deus, símbolo de meditação pacífica, oração e atenção plena, encontrava-se agora no estômago da gata, talvez junto dos restos do escorpião.

— Como se chama seu corvo? — perguntou Ana.

— É uma gralha macho e se chama Azulão — respondeu o amigo.

— E como se chama sua amiga macaca? — perguntou Clara apenas para confirmar sua suspeita.

— Macaca — respondeu novamente Cauan.

— Vamos indo? — indagou Rebecca quase que em tom mandatório, tamanha a ansiedade por uma nova aventura.

Todos prosseguiram juntos pela margem esquerda rio abaixo. Ainda preocupada com a onça-pintada e intrigada com a faca que agora Cauan portava na cintura, Ana quis saber por onde seria o trajeto todo, o que estariam por fazer, qual seria o itinerário. Na escola aprendera que os felinos dormem grande parte do dia e preferem caçar à noite, o que a confortava um pouco. Aproveitou para perguntar:

— Vamos ver alguma onça hoje?

— Hoje vocês voltarão para seus pais pelo mar! — informou Cauan. — Existem vários outros trajetos para a praia, muitíssimo mais curtos e rápidos, só que hoje vamos descer "pelas costas" do vulcão, ir até a belíssima gruta, pegar uma canoa e navegar uns trinta e três quilômetros em mar aberto, o que espero fazer em algumas horas a depender do vento, pois, se o vento parar, ficamos parados. Nossa meta é chegar na orla central e desembarcar na Praia do Meio. No mar aberto, aproveitaremos para mergulhar no gigante recife de corais e ver se conseguimos pescar algo. Daí a faca na cintura, a pochete e alguns outros apetrechos. Também serve para a onça, que espero do fundo da alma não termos o prazer de encontrar pelo caminho — completou com uma risadinha nervosa, demonstrando preocupação pela pouca capacidade de defesa contra uma onça, mas suficiente resiliência quanto ao destino que a aventura haveria de apresentá-los.

— De um jeito ou de outro, quem viver, verá! — continuou o rapaz. — Quem sabe acabaremos o dia no estômago de uma onça, quem sabe acabaremos o dia no estômago de um tubarão? Quem sabe vocês levam alguma lagosta para seus pais, ou um dente de onça? Eu prefiro virar cocô de tubarão a cocô de onça, prefiro ficar no mar a ficar na terra. De todo modo, ir de pijama direto para o solo me parece bem melhor que um caixão cercado por cimento. — E assim se deu o parecer de nosso estimado e intrépido indiozinho pescador.

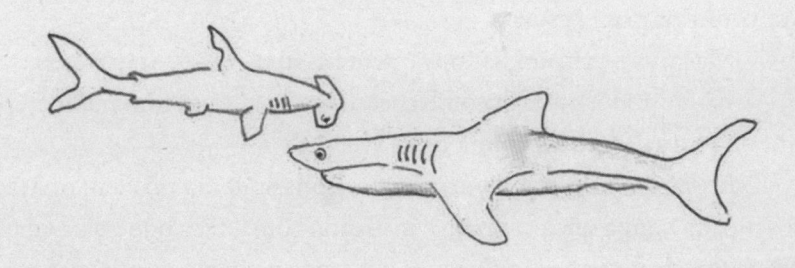

Com isso, pairou um silêncio ensurdecedor no resto da turma, até que Cauan disse:

— Com a ajuda da lua cheia que nos dá maré alta, veremos algumas maravilhas do mar, a depender do fôlego de cada um. Junto das canoas, temos máscaras de mergulho, tudo o que precisamos. Vocês sabiam que os mares e oceanos são responsáveis pela maior parte do oxigênio existente no planeta?

Elas não tinham aprendido na escola que os oceanos e mares são os responsáveis pela maior parte do oxigênio produzido na Terra, mas o indiozinho as informava com a mais ampla e total segurança.

— Verdade! O plâncton que está sendo brutalmente destruído pelo homem branco é o que produz grande parte do oxigênio terrestre. Parasitas burros que assassinam o próprio hospedeiro! — concluiu o rapaz.

A turma tentava engolir o nó que se formou na garganta de cada uma.

— Nós não somos responsáveis pelo que outros fazem! — arguiu Luíza.

— Desculpem, não estou responsabilizando ninguém em específico, é que me dá tanta raiva... — respondeu o indiozinho.

— Em nós também — anuíram todas em coro.

Minutos de silêncio pairaram no ar, quando Clara gritou um "iupi", lembrando a todas que o presente do dia era o momento em que agora, cientes das informações prestadas pelo Cauan, expandiram suas consciências sobre alguns dos problemas e riscos que o planeta enfrenta, o que haveria de ajudar em algo.

— Sim — completou Rebecca num rompante —, vamos espalhar estas informações ao máximo de pessoas possível! — E todas se entreolharam em pacto secreto.

No dia anterior informaram aos seus pais que regressariam apenas no fim do dia seguinte, mas mergulhar e levar uma lagosta para eles seria um bônus atenuante a ser conquistado.

— Ai, morro de medo do mar — disse Ana, pensando em tubarões.

— Não vem, não! — repudiou Clara. — Do jeito que é amistosa, mais fácil o tubarão virar seu amigo do que querer comer você, ademais, seres humanos não estão no cardápio dos tubarões, e sim peixes.

— Vocês podem deixar a preocupação com o mar para depois de sobrevivermos à escalada ao vulcão? — Cauan novamente acrescentava algo perigoso e novo, para dar mais uma de suas risadas em puro escárnio.

— Como assim, sobreviver à subida a um vulcão? — perguntou Rebecca, seguida por Ana, a repetir a pergunta da amiga:

— É, como assim sobreviver à subida do vulcão?

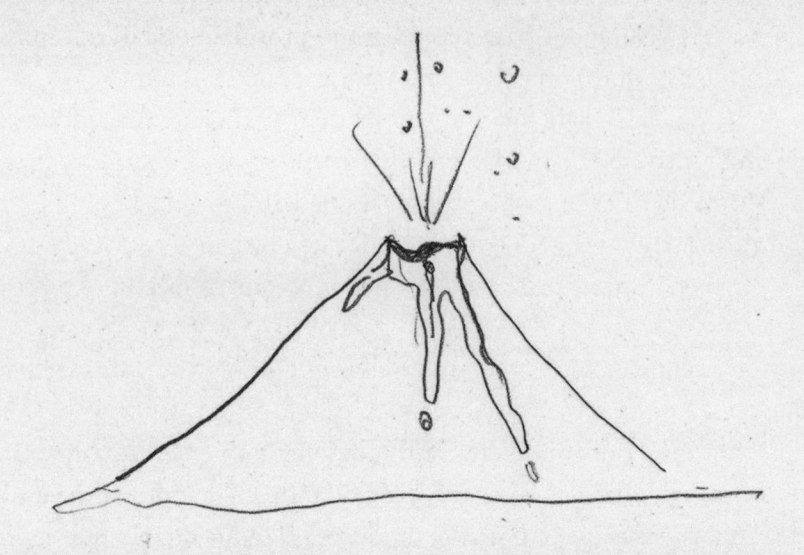

— Pois é, eu já não tinha mencionado o vulcão? — E ria tão naturalmente quanto o ato de respirar.

As meninas já tinham escutado histórias sobre a existência daquele vulcão, mas tudo lhes parecia um conto, uma lenda. Então acharam que o jovem amigo estava de brincadeira, não deram maior importância e continuaram a caminhada margeando o rio.

Cauan começou a demonstrar sua habilidade em imitar o assobio de vários pássaros diferentes e ainda ligar cada canto a seu "dono original", como o de uma maria-faceira, um inhambu-preto, uma araponga, um japu, um inhambu, um alma-de-gato, um papagaio ecletus, um manaquim, ora um cricrió, que assim como o Azulão é um pouco mais difícil de se encontrar naquela região, uma graúna, muitos talentos para uma só pessoa. Seu repertório ainda incluía diversos outros pássaros de hábitos noturnos que ele guardava apenas para usar à noite, mas, querendo aparecer para as meninas, ele ainda imitou diversas corujas, um joão-corta-pau, um bacurau-chintã, um tuju, um urutau, um canário-do-mato, um corrupião, um trinca-ferro, um curió, um sabiá-laranjeira, um uirapuru-bicudo e mais outros dos quais ele esquecera as referências, em uma alternância constante de timbres. E o curioso era a quantidade de assobios iguais ou mesmo antagônicos que a turma escutou em resposta a todos estes estímulos lançados na selva.

— Vocês sabiam que existem sotaques distintos dentre as mesmas espécies em regiões diferentes? Será que isso soa familiar? — E, continuou sua aula: — Aquele ao fundo é um tucano. Do lado esquerdo, a uns vinte e cinco metros, tem um pica-pau. Este que acabou de me responder é um bicudo, praticamente extinto pelo tráfico ilegal de animais silvestres.

— Que triste o tráfico de animais silvestres! — completou Luíza.

Surpreendia e impressionava como o rapaz sabia exatamente onde estavam os animais, mas eis que apareceu uma cobra-verde, que foi prontamente dominada por Morena e por Azulão, que velozmente aterrissou sobre o réptil. Além de pequenas cobras, sabe-se que gatos apreciam pássaros como refeição. Todavia esse não é um pássaro qualquer e, além de parceiros, os dois se tornaram mútuos admiradores. A gata viu no formoso pássaro de poderoso bico e grande coragem um aliado. O respeito se deu de forma mútua e imediata. A cobra, com mais de um metro de comprimento, conseguiu rastejar e rapidamente fugir. Assim, a turma viu-se aliviada.

— Que pena, adoro carne de cobra — disse Cauan.

— Muito estranho répteis terem o sangue frio, não é mesmo? — comentou Jezebel.

Logo estava, na outra margem do rio, a temida onça com seus três filhotes a tranquilamente olhar a turma passar. Ela parecia satisfeita e, por sorte, não deu muita bola para eles. Após seu bocejo mostrar uma enorme envergadura bucal repleta de grandes dentes e caninos bem maiores que os dele, pela primeira vez o cão assentiu com a cabeça a superioridade física de outro animal. Óbvio que ele daria a vida se obrigado a tentar salvar quaisquer das meninas das presas daquela enorme predadora.

Animais não caçam exclusivamente por prazer, mas por sobrevivência/alimento.

Pink Valente optara por ignorar a onça e seguir caminho, na certeza de que, caso a onça resolvesse atravessar o rio, já estaria longe. Ledo engano ou não, não havia melhor alternativa ao comportamento de Samadhi, e todos baixaram suas cabeças e seguiram em frente como se nada se passasse no outro lado da margem do rio. Na verdade, estavam com um olho cá e outro lá, com os corações disparados!

Talvez para criar uma distração, Ana esticou o braço para colher um fruto de uma árvore e foi prontamente censurada pelo amigo:

— Isto é um fruto de uso medicinal. Não o coma. Deve-se usá-lo apenas para situações especiais.

Então Ana imediatamente largou-o no chão.

Mais adiante, Cauan alertou para outro perigo. Um galho bastante alto com milhares de abelhas voadoras ao redor de uma enorme colmeia ali fixada. Então instruiu:

— Vamos passar cautelosamente, sem fazer quaisquer movimentos bruscos, que ninguém no mundo quer uma briga com estas abelhas que estão a voar por todos os lados.

O cão aproveitou para comer uma ou outra abelha que voava perto de sua boca, mesmo deixando-o com a boca um pouco inchada, e Pink Valente sumira repentinamente, mostrando tanto respeito pelas abelhas da grande colmeia quanto pela onça. De repente, um enxame que voltava de alguma expedição transpassou a turma em um zumbido estarrecedor, obrigando todos a colocarem suas mãos em concha nos ouvidos, com olhos e bocas fechados. Algumas delas caminhavam sobre eles, mas felizmente só Rebecca fora picada, pois sem querer espremeu uma pobrezinha entre os dedos. Para acalmar a dor causada pelo veneno da picada, ela foi instruída por Cauan a colocar a mão no rio de águas frias e a dor foi cortada pela metade. Então o rapaz partiu mata adentro para logo voltar com uma folha espremida na mão, esfregando-a sobre o ferimento de Rebecca e anestesiando toda a região.

— Que bom isso aí que você passou na minha picada! — falou a menina.

— E, ainda por cima, desinfeta e cura — finalizou o rapaz.

A melhor notícia de todas deu-se após alguns minutos, quando se certificaram que a menina não era alérgica ao veneno das abelhas. Era a primeira vez que ela tinha sido ferroada. Daí todos festejaram esfuziantes, pois este tipo de alergia pode causar fechamento da glote e, eventualmente, a morte.

— Yuhuuuuu! — festejava a jovem.

— Yuhuuuuuiii! — festejavam todos.

— Vocês sabiam que a abelha morre ao ferroar, pois com o ferrão ela perde parte de seu corpo? Pode-se dizer que cada ataque é um ato de martírio em proteção própria ou da espécie — interrompeu Jezebel.

— Uma única abelha pode polinizar até quarenta mil flores e plantas frutíferas por dia, até cem em cada viagem. Dá para imaginar o quanto elas são indispensáveis para a nossa cadeia alimentar? — foi a vez de Clara.

— Que mágico! — Recordou Luíza que as abelhas são responsáveis por grande parte dos alimentos no mundo: — Elas literalmente carregam a possibilidade da vida em nosso planeta, pois quando uma abelha pousa para sugar o néctar de uma flor ela retém o pólen preso em suas patas peludas, transferindo-o para outras flores, polinizando-as.

— As abelhas têm seu número reduzido drasticamente nos últimos anos, o que é muito preocupante — falou Luíza.

— São os pesticidas. Muitas retornam às colmeias infectadas, infectando a colmeia toda — finalizou Ana.

Todos atravessaram praticamente ilesos por mais essa intensa demonstração da natureza, em suas mentes o lembrete de que, se a humanidade tem amor-próprio, é de seu melhor interesse proteger as abelhas, visto que polinizar representa criar vida vegetal, e plantar hortelã, girassol, orégano, calêndula, lavanda, tomilho, prímula e assim por diante só ajuda.

Digamos que as abelhas são intermediárias do amor entre uma flor e outra.

— Quem além dos ursos não gosta de um bom mel? Quantos perigos a natureza enfrentou para sobreviver, ou mesmo para nosso magnífico planeta existir nas condições apresentadas pelo Cosmos desde o *big bang*? — perguntou Ana à natureza acerca, ao vento, ao Universo.

— O mel, alimento produzido pelas abelhas com o néctar das flores, pode durar mais de dois anos. É ainda um bactericida que contém várias vitaminas, fermentos, proteínas, ácidos e aminoácidos, minerais essenciais à nossa saúde, tipo potássio, ferro, cobre, manganês, silício, alumínio, fósforo, iodo, enxofre, cálcio, entre outros nutrientes como enzimas, pólen, homônimos, cera, dextrinas etc.

— O mel também é usado para cobrir ferimentos causados por queimaduras, além de diversas outras enfermidades, incluindo distúrbios no sistema nervoso. O mel mais escuro é mais nutritivo e sua cristalização não altera seu teor. Imaginem o que pode fazer a geleia real — disse Clara, que na escola sempre senta nas primeiras cadeiras da sala.

— O pólen é o elemento reprodutor masculino que, depositado na parte feminina da segunda flor, a fertiliza. Esse é um processo chamado polinização. Obviamente ele é riquíssimo em nutrientes indispensáveis à vida e produz imensos benefícios à saúde — informou Rebecca, sempre sentada ao lado de Clara e muito atenta às aulas de ciências.

Logo em seguida foi a vez de Cauan fazer um longo discurso:

— Além de servir na produção de velas, a cera é cicatrizante, anti-inflamatória e ajuda na regeneração celular de feridas infectadas e doenças da pele. A própolis é uma resina que retarda processos de putrefação e possui características antibióticas, antissépticas, imunológicas, anestésicas, cicatrizantes e anti-inflamatórias. Paradoxalmente, o veneno da abelha é consagrado medicamento contra muitas enfermidades que atingem o ser humano. A geleia real é o alimento contínuo da rainha e das larvas, as outras se nutrem dela somente até o terceiro dia de vida. Trata-se de um produto secretado pelas abelhas jovens que estimula e vitaliza seus consumidores e ainda é biocatalisadora quanto à regeneração celular. É o suprassumo dos alimentos. Grosso modo, o universo de uma colmeia pode contar com milhões de indivíduos conviventes e uma única rainha que vive uns dois anos. Os zangões vivem, em geral, entre oitenta e noventa dias, e as operárias, cerca de seis semanas. Entre os zangões estará o responsável por fecundar a rainha a mais de onze metros de altura para então morrer exaurido pela perda de seu órgão reprodutor e parte do abdômen.

— Estes machos são produtos dos óvulos não fertilizados, o que se entende por partenogênese, e formam uma minoria não superior a quatrocentos indivíduos para cada colmeia. Após três dias de fecundada, a abelha rainha começa a desovar até três mil ovos por dia, e determina os ovos a serem fecundados. — Excelente estudante como as amigas, contribuía Jezebel com mais essas informações, e assim as meninas alternavam-se procurando todo o conhecimento adquirido na escola.

Uma colmeia cria várias abelhas rainhas. A primeira que nasce, mata as outras; se duas nascem ao mesmo tempo, elas lutam até a morte. A rainha é o coração e a alma da colmeia, mas, quando ela morre, as demais fêmeas fazem outras rainhas, alimentando com muita geleia real as abelhas recém-nascidas. É uma instituição absolutamente matriarcal que funciona perfeitamente. Ela ainda expulsa outras abelhas da colmeia no frio do inverno, ou mesmo no outono, quando pode haver escassez de alimentos.

As operárias, além de defenderem a colônia de quaisquer ameaças, produzirem e estocarem o mel, são ainda as responsáveis por manter a colmeia a uma temperatura entre 33º e 36º graus celsius. Fazem a limpeza, aquecem as larvas com seu próprio corpo, usam as resinas para elaborar a própolis necessária para desinfetar os favos e paredes, vedar frestas e fixar o que precisar ser fixado e, posteriormente a tudo isso que pode levar até vinte e dois dias, tornam-se campeiras e passam a se dedicar a trabalhos externos na coleta de néctar das flores, água, pólen e própolis.

Elas voam longas distâncias com os produtos colhidos com suas línguas compridas armazenados em seus papos.

— Que privilégio todas estas formas de vida existentes! Quantos milagres foram superados para termos prosperado como seres vivos até o presente momento, em que, neste planeta, apenas a extinção das abelhas ameaça a nossa sobrevivência como espécie de maneira tão drástica? — completou Cauan, sempre atento aos mistérios do Mundo.

E a turma caminhava filosofando como o grupo dos peripatéticos de Aristóteles, criando consciência da complexidade e magnitude da natureza que os cercava, quando um grupo de libélulas coloridas voou ao redor, algumas em alta velocidade. Variando entre o azul, vermelho, magenta, laranja, rosa e amarelo, parecendo uma grande aquarela pontilhada em movimento.

Além da beleza singular das libélulas, muitos acham as abelhas mais lindas, outros os louva-a-deus, existem ainda aqueles que preferem as borboletas e as joaninhas, ou seja, podemos concluir que não existem ganhadores. Todos são fantásticos, maravilhosos e sensacionais. Cada qual com suas particularidades e diferenças. Aleluia às diferenças nos presenteando múltiplas qualidades, como a sábia e notória máxima de que: "a beleza existe apenas nos olhos de quem a vê", basta estar presente e contemplar.

Voltando especificamente às libélulas, o ciclo de vida de cada uma começa no modo subaquático, como sapos, rãs e pererecas. Elas são donas dos maiores olhos proporcionais do reino animal e seus dois pares de asas são múltiplas vezes mais rápidos que os das abelhas. São caçadoras implacáveis e sua alimentação cotidiana inclui abelhas, vespas, marimbondos etc. Pode-se dizer que no "mano a mano" é pouco provável outro inseto derrotar uma libélula, que não outra libélula. Por isso são conhecidas como dragões de fogo.

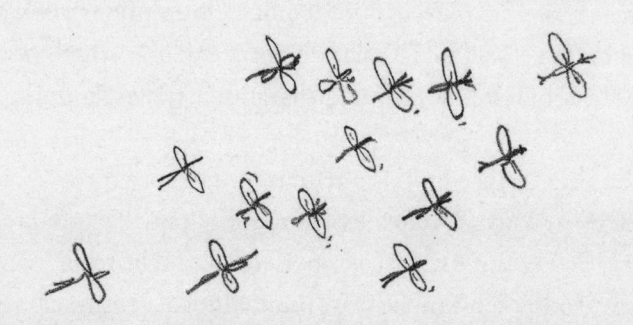

Passada a revoada de graça e cores, eis que adiante eles se depararam com um formigueiro *master* gigante embaixo de um enorme vespeiro ao redor do tronco principal de uma robusta árvore, que deveria ter mais de quinhentos anos de idade.

Vespas e maribondos são predadores de larvas e abelhas, e ainda atacam aranhas e lagartas não apenas para o consumo, mas para depositar seus ovos dentro de suas vítimas, portanto suas ninhadas são parasitas.

Numa batalha, tamanha pode ser a superioridade física das vespas e marimbondos que serão necessárias várias abelhas para empatar e muitas mais ainda para "virar o jogo". Todavia, deve-se sempre ter em mente que estamos falando em regras gerais, por exemplo, as libélulas se apresentam em mais de mil espécies. Muita diversidade ocorre para a maioria das cerca de novecentas mil variedades de insetos, e estima-se que eles representem oitenta por cento de todas as espécies animais do planeta.

— Pessoal, cuidado com as vespas — alertou Cauan.

Várias vespas voavam enquanto legiões de formigas carregavam folhas bem maiores que seus próprios tamanhos, transitando pelo chão e pelas árvores vizinhas em filas e mais filas num tráfego intenso e muito organizado.

Assim como as minhocas, as formigas não apenas movimentam e arejam o solo por onde passam, mas também são capazes de percorrer muitos quilômetros abaixo dele. A maior diferença entre elas é que as minhocas deixam a terra percorrer seus corpos, adubando-a, e as formigas fazem verdadeiros túneis, adubando-os devido ao assentamento e transporte de detritos orgânicos.

Vejam bem, resguardadas as diferenças morfológicas como formato, tamanho e peso, a sociedade absolutamente organizada das formigas se assemelha bastante com a sociedade das abelhas. Cada grupo ou classe tem sua distinta função dentro do formigueiro. Existem as formigas soldados, que protegem o formigueiro em tal nível que, se necessário, pulam sobre o fogo para abafá-lo com seus próprios corpos, em um martírio sobreposto a qualquer instinto de sobrevivência individual. O que vocês acham disso como espírito comunitário? Que belo exemplo de prioridade! Está aí uma consciência da importância da sobrevivência do grupo sobre a de alguns indivíduos que muitas vezes infelizmente falta ao ser humano. Normalmente as pessoas só enxergam o próprio umbigo e o poder corrompe, transformando muitos líderes em oportunistas irresponsáveis. Pessoas imediatistas sem o mínimo de clarividência em busca de satisfazer a própria ambição desenfreada. Pessoas que deveriam sofrer pesada coerção judicial para desestimular preventivamente ou punir infratores egocêntricos. Independente de vivermos em um mundo material, os fins particulares não justificam os meios, quando se trata de bens públicos.

Então vamos voltar à micro, ou melhor, macrocomunidade no formigueiro que se divide em castas, ou seja, assim como as abelhas, as formigas fazem da vida o que devem fazer, sem opções.

Não é o caso de todas partirem com as mesmas possibilidades e progredirem conforme o esforço, capacidade e resiliência de cada uma. No caso das abelhas e, principalmente das formigas, tudo é predestinado.

Meio que sem livre-arbítrio, o que de certo modo confunde-se com uma vida muito fácil, vamos combinar. Quando se segue um padrão predeterminado, sem opção ou questionamentos, a vida pode perder um pouco de seu colorido, mas ficaria mais simples se fosse fácil assim. Pelo menos no sentido do pensamento, das ansiedades e aspirações.

Como é que fica se tudo é padronizado? Como é que fica se não houver espaço para inovar? De certo modo fácil, mas chato, não é mesmo? Errar faz parte do sucesso. Fracassar faz parte do aprendizado. Obviamente não se quer fracassar o tempo todo, todavia devemos ser resilientes, levantar a cada queda, e procurar não repetir nossos equívocos.

Voltando aos animais pequeninos (ao nosso ver, pois tudo é relativo), no sistema de castas do formigueiro, a rainha está no topo da pirâmide e passa a vida gerando mais e mais "súditos".

Com machos alados responsáveis por fecundá-la, a abelha rainha continua a copular com quantos zangões forem necessários, já a formiga rainha copula uma só vez, armazenando sêmen suficiente para todos os ovos de uma vida inteira.

Ou seja, as abelhas são geneticamente mais ricas que as formigas, pois enquanto todas as formigas de um formigueiro possuem a carga genética de um único indivíduo, as abelhas de uma colmeia não.

Dentre o sistema de castas existentes tanto no universo das formigas como no das abelhas, a classe mais numerosa em indivíduos são as operárias. Elas protegem a rainha, seus ovos, e buscam alimento.

Também existe a classe das formigas jardineiras, que, dentre outras tarefas, armazenam folhas nas profundezas onde há um ambiente propício para o cultivo de fungos e bactérias decorrentes das matérias orgânicas trazidas pelas formigas cortadeiras, que, com suas mandíbulas poderosas, podem desfolhar uma grande árvore em apenas um dia.

Algumas delas usam os pedaços de folhas cortadas como paraquedas, e podem planar de árvores de até setenta metros de altura.

— Pode ser emocionante a vida de uma formiga — pontuou Rebecca. — Haja coragem!

Existem ainda as formigas enfermeiras, responsáveis pelas pupas, (metamorfose em que alguns insetos passam do estado de larva ao adulto), e ainda as formigas lixeiras, que limpam o formigueiro. Tudo organizado em colônias de até oito metros de profundidade, onde suas larvas ficam protegidas.

As formigas são sobreviventes perspicazes de grande habilidade. Em caso de inundação, elas se enroscam construindo uma ponte, uma rota de fuga ou emigração para um ambiente mais seguro.

Até balsas, se necessário, elas são capazes de fazer. Auxiliadas pela película de gordura que cada uma expele naturalmente, em um gigante abraço comunitário, num corpo a corpo de milhares delas, podem flutuar por semanas se necessário, o que as permite navegar grandes distâncias.

Diante da turma havia formigas para tamanduá nenhum botar defeito, e vejam que um destes pode comer até trinta e cinco mil delas de uma só vez. Também, nenhum macaco faminto por perto haveria de ficar com fome diante de tantas formigas. Além destes, muitos outros animais se alimentam delas, já que elas são deveras nutritivas.

— Você preferiria ser uma formiga ou uma abelha? — perguntou Jezebel a Cauan, que prontamente respondeu:

— Eu prefiro mesmo é ser uma águia, um tigre, um golfinho ou mesmo um tubarão. Sei lá, basta usar a imaginação — concluiu sabiamente o jovem.

Mas, insatisfeita, Jezebel insistiu:

— Perguntei entre uma abelha e uma formiga!

— Eu prefiro ser uma abelha, pois vou viver voando de flor em flor e comer muito mel, é claro!

E papo encerrado. Eu também preferiria ser uma abelha.

Muito bem, existem mais de três milhões de espécies de animais vivendo na fauna e na flora de uma floresta tropical. Muitas espécies ainda desconhecidas, e muitas outras constantemente reinventadas a depender da capacidade de adaptação de cada uma.

A natureza não se importa com quem é quem, mas com aquele com inteligência para evoluir e adaptar-se. É sobreviver por mérito ou morrer, simples assim. Centenas de espécies se extinguem diariamente e outras novas aparecem provindas de mutações, numa evolução contínua. As mutações fazem parte da vida desde o início do planeta há bilhões de anos, ou seja, a única certeza que se pode ter é a impermanência das coisas, pois tudo se encontra continuamente em transformação.

Ocorre ainda que bombásticas manifestações da natureza, como *tsunamis*, vulcões, ciclones, furacões etc., sempre acontecem. Todavia, mal conseguimos agir coordenadamente contra nocivas bactérias ou mesmo vírus, a exemplo da última pandemia, a da covid-19 e suas variantes, então será que melhoraremos nossa resposta nos próximos grandes acontecimentos da natureza?

Necessita-se investir em saúde pública preventiva e pesquisas como a microbiologia e regeneração celular, mas desperdiçam recursos em inúmeras áreas destrutivas por pura má-fé e corrupção. Se já existe poder bélico para destruir o planeta inúmeras vezes, para que produzir mais armas? Uma vez não é o suficiente?

Sem a menor sombra de dúvidas, há muito tempo a ciência enfaticamente nos alerta de que nossos maiores e mais urgentes desafios são preservar o solo, mares e oceanos, pois, por exemplo, o plâncton é vital para todas as espécies de seres vivos existentes.

Outra urgência imediata é o combate ao efeito estufa, para proteger a camada de ozônio que protege o planeta do excesso de radiação solar tipo ultravioleta.

Concomitantemente, devemos investir na educação para formar e expandir na população uma consciência de vida ao redor do conceito de sustentabilidade.

Não se pode menosprezar que um dos danos causados pelo aquecimento global é o derretimento das geleiras responsáveis por refletir os raios solares e esfriar o planeta, nosso corpo. A Terra está perdendo seu gelo, e com isso os oceanos absorvem o excesso de calor e os corais estão morrendo.

Haverá mais incêndios e o aumento de CO_2 no ar será exponencial. Talvez nós adultos e nossos jovens sejamos as únicas gerações com chances de reverter ou mesmo amenizar os efeitos nefastos da situação existente, isto se começarmos a agir imediatamente.

Caso não se comece a viver a favor da natureza, seremos responsáveis por privar as futuras gerações do direito a um habitat saudável e seguro.

Destruir o solo e os manguezais, poluir os rios e os mares como se faz, desmatar nossos campos e florestas e acabar com os plânctons — vitais responsáveis por reterem o excesso de gases atmosféricos e pela fotossíntese — resultarão na destruição de organismos vivos, incluindo a raça humana. Há muito tempo a natureza nos demonstra que não aguenta mais. Nosso lar está doente. Temos que agir já. Quais são as Supremas Cortes que protegem os direitos das crianças a um ambiente saudável, direito inalienável? Por onde anda o Direito Internacional Público?

Das duas uma, ou a comunidade científica está correta e vale a pena seguirmos todas as suas recomendações ou ela está errada e não perdemos nada. Simplificando, de um lado não se perde nada e, de outro, perde-se tudo. Há décadas estamos sendo avisados dos perigos da queima excessiva de combustível fóssil e dos problemas causados pela poluição; é lastimável o que se faz com o meio ambiente.

Precisamos reforçar os valores morais, dar voz aos cientistas, engenheiros ambientais, biólogos etc. Estar alerta, fiscalizar ininterruptamente as ações de empresas, governos e demais poderes que ameacem o meio ambiente, antes tarde do que mais tarde.

Por que o ser humano destrói o que/quem sustenta sua própria vida? Isso é tão inexplicável quanto inacreditável. Parece um filme de terror, mas é a nossa realidade. Irreversível ou não, devemos urgentemente combater o aquecimento global e preservar nosso solo e oceanos.

A natureza é amoral. Quando o planeta não mais suportar tanto desrespeito, estaremos extintos, ou drasticamente reduzidos em números. Um cotonete de plástico vezes um bilhão, todos os dias, imagina o tamanho do problema? Não se pode cruzar os braços perante tamanha irresponsabilidade.

Que os produtores industriais e rurais usem filtros apropriados para conter a poluição, contenham ou modifiquem seus lixos, informem nos balanços financeiros os custos de regeneração das matérias-primas utilizadas.

Não seria razoável a indústria petroquímica criar programas preventivos de contenção de poluentes e corretivos para reduzir ao máximo os danos causados por seus produtos?

Alguém sabe o potencial custo para o planeta do plástico que vai parar nos oceanos? Quem deveria custear frotas de embarcações responsáveis pela coleta desses plásticos para eventual reúso? Quem deveria ajudar a promover a importância do descarte sustentável? Quem deveria implantar a logística reversa para que cada poluente retorne à indústria que o produziu?

A indústria de computadores e componentes eletrônicos, que não tem o hábito de recolher seus produtos defeituosos ou obsoletos, deveria ser gravemente punida. Não se pode apenas priorizar o lucro e a ganância.

As chances de sobrevivência aumentam ou diminuem conforme a capacidade de cooperação entre indivíduos da mesma espécie e principalmente entre indivíduos de espécies diferentes.

Enquanto isso, a falta de condições básicas de saneamento que assola bilhões de pessoas, causando mortes, agrava problemas inerentes à saúde pública, gera fome e pobreza, nos leva a questionar se a humanidade ainda dará certo.

Um por cento da população detém quase metade da riqueza mundial, num formato impossível de dar certo.

Desperdiçar milhões de toneladas de comida todos os dias, como se vê atualmente, acabar com uma quantidade gigantesca de peixes presos às redes de pesca deixadas no mar como lixo e tantos outros pecados não são atitudes sensatas.

Vamos nos responsabilizar por sermos a espécie dominante deste magnífico planeta ou não? Se existem outros planetas tão afortunados em matéria de riquezas naturais como o nosso em outras galáxias, não sabemos. O que sabemos é que nada justifica o que se passa atualmente com o nosso lindo planeta azul.

Governos com funcionários despreparados e a falta de educação de grande parte da população agravam o problema. Verificar como e onde são gastos nossos impostos e pagá-los são obrigações primordiais de todos os cidadãos responsáveis que primam por um melhor futuro para a humanidade.

O ser humano se destruirá se continuar ofendendo a natureza, e ela se reformatará, dada a impermanência das coisas.

Desperdiçam-se trilhões em armamentos convencionais, químicos, biológicos, bombas atômicas, bombas de nêutrons, inúmeros testes com explosões nucleares nos mares e subsolos, numa estupidez sem limites. Chega.

Todos nós amamos nossos filhos, netos, bisnetos...

Precisamos transcender o imediatismo predatório ampliando a consciência e gratidão em respeito à ciência, à água, ao ar e à terra que nos permitem viver, e cuidando do nosso planeta, que está carente de proteção.

— Que tal voltarmos ao primário em que se aprende que o respeito, a cortesia e a gentileza em sentido amplo são regras preliminares básicas para o bom convívio, para a harmonia e sobrevivência da humanidade? — disse Jezebel.

Nas escolas, deve-se dar ênfase aos direitos humanos fundamentais para que desde a infância as crianças sejam instruídas sobre bons costumes e valores que realmente importam.

— O óbvio precisa ser dito para não ser esquecido — completou Ana.

— Ainda no tema sobrevivência, a evolução não liga para sofrimentos, por assim dizer, apenas se preocupa em continuamente transformar-se. Ela não se interessa por milhões ou bilhões de seres que podem ser extintos caso não acompanhem seu ritmo. Trata-se da famosa seleção natural. É uma questão de mérito coletivo. Cada consciência conta, mas sabedoria sem ação não basta dado o grau de urgência do processo degenerativo existente em nosso planeta — disse Clara.

Todos continuavam ligados como que em comunicação telepática, evitando assim pisar em qualquer ser vivo, principalmente cobras. O respeito e a preocupação da turma em preservar quaisquer formas de vida são latentes. Todos entenderam que, senão por alimento, matar é algo desprezível. Agradecer o que se consome energiza e ajuda na digestão, além de emanar vibrações positivas ao planeta.

— A banda irlandesa U2 canta em uma de suas músicas: *nós somos um, mas não somos iguais*..., inteligência que estimula os bons a agirem em oposição às ações inconscientes — emendou Luíza.

— Verdade! — disse Clara. — Se os bons ficam inertes, apenas a insensatez prevalece.

— Sim, os conscientes devem agir para neutralizar os inconscientes — reforçou mais uma vez Cauan.

— Bom — disse Ana —, eu acho que não sabemos muito sobre o universo de muitas coisas, portanto importante mesmo é ter bons valores, como disse Jezebel, e boa qualidade de pensamentos, procurando causar o mínimo de danos possível. — Terminando por citar o que seu pai sempre dizia, prosseguiu: — O mais importante é viver o presente lembrando que o amanhã existe, sim. Acordar cedo, cuidar da saúde e respeitar a tudo e a todos como fundamento básico para uma existência com sentido, sempre alerta para a lei da ação e reação.

— Projetando o tempo da humanidade em um calendário anual e considerando os bilhões de anos do planeta, fica evidente que chegamos por aqui nos últimos dias de dezembro, e olhem só o que já causamos — constatou Rebecca.

— Será que outros como nós ou mesmo mais avançados já foram eliminados por alguma seleção natural e tudo recomeçou do zero novamente sem que pudéssemos saber? — perguntou Cauan.

— Acho que teríamos algum resquício, algum sinal — respondeu Rebecca, sem muita certeza na voz.

— A América do Sul já foi grudada na África — disse Luíza, trazendo um dado um tanto aleatório, mas de grandes proporções.

Uma excelente qualidade da turma é que todos respeitam a vez do outro falar.

— E quanto à engenharia genética? — perguntou Ana, mudando o assunto sem obter respostas de ninguém por um bom momento.

— Pode ajudar na cura e prevenção de muitas doenças quando bem usada, mas pode intervir com a seleção natural de forma imensurável e nefasta, caso indivíduos comecem a brincar aleatoriamente, pois hoje já existem ratos com o gene de vaga-lumes que brilham e aí por adiante — contribuía Rebecca.

— Me apavora a possibilidade de o homem causar qualquer seleção artificial nas espécies. Não acho que temos sabedoria suficiente para antecipar todas as consequências ou mesmo responsabilidade para tamanho poder — emendou Ana.

— Com certeza, mas poder regenerar órgãos é tentador. Já pensou em quanto de sobrevida poderíamos alcançar? Acabar com os transplantes e até chegar ao ponto de não apenas retardar, mas sim retroceder no envelhecimento celular? — disse Jezebel.

— Antes disso vamos acabar com o solo e oceanos, seremos infectados por novos vírus e bactérias, se não morrermos asfixiados — disse Luíza.

— Pois é, se o problema do planeta é o excesso de gente, onde haverá espaço para as novas gerações se as antigas tiverem uma sobrevida de décadas ou mesmo séculos? E se as pessoas deixarem de morrer? Logo, só vão querer fazer seres humanos com olhos azuis, visão de águia e oito braços, então o Homem-Aranha ficará ultrapassado —

completou Cauan, rindo nervoso, e continuou, com o semblante da face assustado:

— Quanto às novas pandemias, paradoxalmente talvez seja nas aldeias isoladas do mundo contemporâneo o futuro da humanidade, já pensaram nisso?

— Eu acho difícil, vez que infelizmente os índios pertencem às comunidades mais suscetíveis ao genocídio biológico e seriam os primeiros a serem contaminados e extintos — comentou Ana.

— Sim, mas e se nada de ruim pudesse chegar até o coração da selva? — prosseguiu Cauan sem muita fé no que acabara de falar, numa esperança do tipo a última que morre.

— Estou falando das tribos intocadas pelos homens brancos — retrucou mais uma vez o indiozinho, indignado com todo aquele papo.

— Bom, nesse caso você pode ter razão — concordou Ana, mais para harmonizar o amigo, que já se encontrava com o semblante torturado.

— A verdade é que mexer na harmonia dos ciclos e ecossistemas, interferir nas relações constituídas através de bilhões de anos de coexistência o mais das vezes é algo irresponsável e passível de imprevisíveis erros nada salutares — disse Clara.

— Um bom exemplo disto foi quando Mao Tsé-Tung[1] mandou exterminar pássaros, o que resultou na morte de mais de um bilhão de pardais, simplesmente porque eles comiam alguns grãos e supostamente traziam enfermidades. Ele ignorou que eles comem uma enorme quantidade de larvas, lagartas e gafanhotos muito mais prejudiciais às plantações, o que resultou na morte pela fome de mais de trinta milhões de pessoas — disse Rebecca.

— Tudo no Universo é interligado de forma mais íntima do que podemos imaginar. O ser humano jamais poderá compreender em sua íntegra a inteligência da natureza, portanto sensatez, razoabilidade e respeito importam e muito — disse Cauan, que continuou: — É que

---

1 Mao Tsé-Tung liderou a Revolução Chinesa e foi o arquiteto e fundador da República Popular da China, governando o país desde sua criação, em 1949, até sua morte, em 1976.

o homem moderno tem o ego maior do que deveria. Fica se achando o dono da verdade, o dono do mundo, só porque carrega um relógio preso ao punho, achando que pode controlar o tempo e possui inteligência para estar no topo da cadeia alimentar. Falta muita humildade, isso sim.

— Inteligência não é sabedoria — emendou Luíza. — Reconhece-se a inteligência na rapidez e técnicas de se sobrepor a um obstáculo, um adversário, enquanto sabedoria vai ao encontro da luz da felicidade. É muito melhor ser sábio a ser inteligente, daí alguma verdade no ditado que ignorância é uma dádiva.

— Eu prefiro ter ambas as qualidades! — E riu sem pudor o indiozinho.

— Eu também! — corroborou Ana.

— Eu também! — consolidou Rebecca o entendimento de todos.

— Da microconsciência celular às extensões energéticas de um simples pensamento, mais diverso, outros tópicos extremamente interessantes são matérias estudadas pela física quântica — disse Luíza.

— A impermanência faz com que a natureza fortaleça as diferenças em cada ser para que todos possam contribuir com o seu melhor para maximizar uma convivência sustentável em todo e qualquer habitat. Que beleza a diversidade. Ninguém pode ser bom ou ruim em tudo, não é mesmo? — perguntou o brilhante Cauan de forma redundante, como se estivesse emitindo mais um velado apelo à humanidade.

— Para chegarmos à forma de macaco, imaginem quantos obstáculos vitais superamos desde o tempo dos micro-organismos monocelulares? — foi a vez de Rebecca.

— Mesmo que tudo dê errado, alguém vai ter que sobreviver! — constatou Ana.

— Eu já acho que o dedo mindinho do pé só serve para darmos topadas nos pés das camas e dói demais. — E, a seu modo, riu alto Rebecca, procurando arejar o assunto.

— Eu poderia ter a pele mais escura e sofrer um pouco menos com o sol — finalizou Jezebel, lembrando o quanto doem as queimaduras solares.

— Cuidado! — advertiu Cauan, trazendo de volta a turma para o momento. — Queremos tão somente não esmagar as formigas em seu duro trabalho, mas também é imperativo não incomodarmos as vespas que ainda estão voando por todos os lados por amor à nossa pele, pois as danadas têm picadas que doem um bocado.

A responsabilidade das meninas com cada elemento vivo da natureza aumentava exponencialmente à medida que elas amadureciam e interagiam com a natureza. A cada instante todos pareciam estar mais conscientes sobre os mistérios do Universo.

— E, voltando às formigas, o que acontece quando uma formiga dá de cara com uma minhoca embaixo da terra? — mantendo a voz baixa, perguntou Jezebel com um meio sorriso.

— Acho que se cumprimentam — respondeu Cauan.

— Acho que a formiga pergunta para a minhoca se aquela é a parte da frente ou o bumbum dela — emendou Clara.

A turma ria muito.

E foi a vez de Ana tomar para si a palavra:

— Os túneis das formigas ajudam bastante o trânsito de pequenas raízes, agora imaginem o estrago que deve fazer uma pisada forte de um elefante?

— Mal conhecemos os segredos da fauna e da flora das florestas, o fundo dos oceanos ainda são um mistério e há muito tempo já andamos pela Lua, que hilário.

— Vocês sabiam que existem rios subterrâneos, algum deles enormes?

— Rios subterrâneos embaixo do fundo dos oceanos? — retrucou Cauan em tom de censura. — Fala sério?

— Sei lá — respondeu Ana. — Pra mim tudo é possível. Já escutei que existe um rio que corre abaixo do rio Amazonas tão grande quanto o da superfície.

— Eu acho bastante possível! — votou Rebecca.

— Eu também — anuiu Luíza.

— Por que não? — concluiu Jezebel.

Enquanto filosofavam, Pink Valente reapareceu acompanhada de um bodezinho que fugira da aldeia para acompanhá-los. Era um animal muito bonito. Cauan ajudara mãe e filho no parto do animalzinho, que desde então seguia o rapaz sempre que podia. Ele tinha o pelo preto e lustroso nas costas e abaixo dos joelhos, aparentando estar de botas. O resto do corpo era branco. Com uns sete ou oito meses de idade, não tinha o menor pudor em usar seus afiados chifres do tamanho de grandes dedões, já que balançava sua cabeça com vigor para todos os admirarem.

Clara abraçou-o afetuosamente, beijou-lhe as orelhas e deu-lhe o nome de Príncipe, o mais novo mascote do grupo, então se lembrou de perguntar ao amigo:

— Cauan, este bodezinho já tem nome?

— Sim. Eu o chamo de bode, mas Príncipe combina com ele. — E, afagando-lhe as orelhas, repetiu três vezes seu novo nome. — A partir de agora, você se chama Príncipe!

O bodezinho balia alegremente e balançava sua cabeça para cima e para baixo, em aceitação a seu novo nome.

Avesso por natureza a perfurações, uma vez que sua couraça já quebrara inúmeras agulhas em consultórios veterinários, Samadhi pulava de lado a lado escapando das investidas do Príncipe, numa brincadeira de dar gosto. Sorte sua ser aparentemente mais ágil que seu novo amigo, ao menos até o presente momento. Se sua couraça seria suficientemente forte para protegê-lo daqueles chifres afiados era algo que ninguém queria descobrir, pois o bodezinho era bastante forte e seus chifres pareciam punhais. Mas Samadhi balançava freneticamente o rabo, sinalizando que estava se divertindo muito com aquele pega-pega, até que Pink Valente resolveu grunhir violentamente para ambos, pondo fim à perigosa brincadeira.

O bode então aproveitou para cutucar a turma com a sua cabeça, cumprimentando-os, e pôs-se feliz a saltitar ao redor de todos da forma mais graciosa que se pode imaginar.

A explícita manifestação de felicidade do bode contagiou a turma.

Todo o papo preocupante foi deixado para trás e a turma seguiu feliz pela chegada do novo membro integrante. Ali cada um era parte de um todo.

Mais uma hora e avistou-se ao longe o cume de uma grande montanha que na verdade pertencia ao imponente vulcão. O objetivo do percurso era enfrentar o medo e criar coragem para subi-lo por um lado para descê-lo pelo outro em direção às canoas.

Após mais uma hora de caminhada, eles chegaram ao pé do vulcão, onde, por conta da quentura do solo, alguns nativos cozinhavam ovos e legumes enterrados como se estivessem em um grande forno ao ar livre.

Então a turma, já preparada psicologicamente para a escalada, se deu conta de que o bodinho, a Javali Pink Valente e, por último, o cão não teriam maiores problemas em subir e descer o solo quente repleto de pedras vulcânicas.

E ainda, ao perceberem que o vulcão estava bastante ativo, eles sentiram um arrepio pela espinha, pois, além da quentura do solo, um nativo avisara-os que no dia anterior o vulcão demonstrava sua braveza cuspindo lava incandescente. Muito intenso.

Haja coragem! Será que hoje ele está mais calmo ou a qualquer momento ele poderia se enfurecer novamente?

Necessário lembrar, muitos diriam, que certamente todos e quaisquer pais do planeta desaprovariam a façanha que estava por vir.

Mas a turma demonstrava uma bravura que desafiava o bom senso, o que em regra não é nada bom.

Subitamente, de alguma aldeia vizinha chegaram duas gigantes orelhas maiores que as do Príncipe, desmascarando uma jumenta muito simpática. Com uma delas tombada para a frente e berros desenfreados, a hilária jumenta instantaneamente conquistou a turma toda e todos ao redor.

Cauan pontuou que a jumenta lhes serviria em eventuais emergências e as meninas recordaram de uma aula de história em que aprenderam que as mulas carregaram a humanidade e seus pertences nas costas por milhares de anos. E começaram com a cantoria da obra *Saltimbancos*, na parte do burro.

Já que o bode chamava-se Príncipe, Rebecca decidiu chamar a jumenta de Princesa, a qual, parecendo adorar a cantoria, batia seus cascos contra o chão num ritmo musical subindo e descendo o início do vulcão.

— Será que ela está dançando ou sentindo a quentura do solo? — perguntou uma das meninas.

— Dançando — respondeu outra, tendo em vista que ela acabara de chegar e não teria dado tempo para ela sentir qualquer efeito da temperatura do solo.

E, além do mais, era visível sua disposição em começar a escalada.

Jumentos têm aproximadamente um metro e trinta centímetros de altura e chegam a quatrocentos quilos de pura resistência, capaz de carregar uma dama a meio galope o dia inteiro. Além do mais, zurram de forma absolutamente própria e engraçada. Muito particular mesmo.

Cauan teve a ideia de colocar duas mochilas amarradas entre si sobre Princesa, que passou a caminhar no meio da fila indiana que se formara, sentindo-se útil e contente.

E seguiram a subida alternando quem estaria a acariciar a mais nova integrante da turma até que uma enorme inclinação indicou que o verdadeiro esforço começaria logo ali. Então Clara copiou Cauan, colocando as duas mochilas menores sobre as costas do bode, e a mágica estava feita. Estavam livres do peso e tinham arrumado um bom par de novos amigos que levavam as coisas como se fossem cargas de algodão-doce.

Rebecca contava na grande orelha em riste da mula com nome de Princesa que iria apresentar-lhe o jegue que tinha em seu quintal, para que eles se tornassem amigos e pudessem zurrar juntos, e a bichinha parecia aprovar o plano, pois balançava a cabeça para cima e para baixo e abanava o rabo, então a jovem aproveitou para segurar-lhe o rabo e foi puxada pela Princesa morro acima.

Providência divina ou o Universo providenciando para que tudo desse certo?

Ana já havia se antecipado em segurar a mochila sobre a mula e ambas aproveitavam o impulso da amiga como se estivessem em um elevador.

Luíza resolveu fazer igual e segurou-se ao rabo do bode, que também passou a puxá-la morro acima, até que o bode pareceu ter ficado "de bode" com a audácia da menina, que, mesmo procurando fazer o mínimo de peso possível, o incomodava, pois os animais usam as caudas para melhorar o equilíbrio, então a menina resolveu soltar o bodinho, que emitiu um longo balido em agradecimento.

Por ter pés sensíveis ao calor, num rápido pulo, Morena montou de carona nas costas do bode, que gostou ter sido o escolhido. O bodezinho de espessa couraça tinha uma crina ideal para a gata cravar suas garras e, por pesar quase nada, conseguir fixar-se ao amigo quase como um carrapato.

Similar ao bodinho, a javalina Pink Valente demonstrou grande destreza e confiança na escalada, pois, com seus resistentes pés protegidos por esporões e cascos articulados, sentia-se "em casa" sobre a montanha. A mula Princesa não acompanhava o grande equilíbrio do bode, mas, assemelhando-se à porca e mesmo com carga, demonstrava a necessária habilidade e resistência, parecendo-lhe fácil a tarefa encarregada, o que foi uma grata descoberta para todos.

— Não se preocupem, caso essa jumenta sinta calor nos cascos, ela irá correr morro abaixo e ninguém poderá fazer absolutamente nada

— falou Cauan dando uma sonora risada, como se lembrasse de algum episódio.

A quantidade de risadas do jovem certamente o colocaria entre os humanos mais felizes do mundo.

Samadhi, que tem as solas de seus pés cascudas devido a tantas atividades físicas sobre areia ou mesmo asfalto quentes, não parecia se incomodar com o calor do solo, aliás, ele subia aos saltos, divertindo-se ao extremo.

— Que bom que nosso bicho é forte como um touro — comentou Luíza sorrindo para seu cachorro favorito.

Devido a técnicas e corpo apurados através de milhares de anos de evolução, o bode Príncipe saltava montanha acima com uma habilidade nata, despercebido da gata fixa e segura em seu cangote. Seus pés aderiam ao solo desafiando os limites da física. Ele parecia estar em um parquinho de diversões, onde andar de ponta-cabeça até poderia parecer possível.

Apesar de ter a sola dos pés espessas, Cauan retirou de sua pochete um par de resistentes sandálias feitas de couro de jacaré, visto que a temperatura subia vertiginosamente a cada passo e todos suavam como se estivessem derretendo.

O cume do fumegante vulcão se aproximava e a turma deveria transpô-lo num mundo surreal paralelo ao que estavam acostumados, pois, como em um jogo de realidade virtual, a qualquer momento ele poderia cuspir lava incandescente ou mesmo transbordar.

Que loucura!

O céu era cortado por bandos de araras, tucanos e papagaios em diferentes modos de voo e trajetos, muitos deles seguidos por seus filhotes.

O calor os impediu de olhar diretamente para as labaredas de magma incandescente que por vezes brotava dentro da boca do vulcão, que parecia o maior monstro do mundo prestes a devorar a tudo e a todos quando, como em um passe de mágica, todos se conscientizaram do tamanho risco que corriam e entregaram suas almas a Deus.

Que bom que antes de subir, ao pé da montanha, eles pediram permissão e benção da mãe natureza para escalar o vulcão — todas estavam bastante gratas com a recomendação que lhes fizera o pequeno grande índio, pois mal algum isso haveria de fazer.

A energia recebida por todos era tão poderosa que eles se tornaram cúmplices da unidade do Planeta com o Universo, ampliaram-se as consciências, e transformaram-se em irmãos de alma comungados com a natureza.

— Acho que algo mudou até em meu DNA — disse Ana.

Uma experiência daquela magnitude tornou-os cientes de quão pequeno é o indivíduo frente ao magma das profundezas da Terra.

A turma jamais poderia imaginar a grandiosidade vivida e agora se encontrava anestesiada descendo em silêncio o outro lado do imponente vulcão, até que Cauan retirou suas sandálias, arguindo poupá-las, e com os pés descalços foi descendo rápido calçando as pedras vulcânicas que escorregavam com ele vulcão abaixo. Desta forma ele ia trocando as pedras de baixo de seus pés e literalmente deslizava rumo à base do vulcão, criando um esporte digno de participar dos jogos olímpicos. Os bichos, vendo toda aquela diversão, resolveram participar da brincadeira, acabando por deixar ao jovem rapaz o último lugar na linha de chegada. A corrida aliviou a pressão de todos. A mula urrava, o bode balia, o cão latia, e a gata morena continuava agarrada ao bode com cara de "o que é que eu estou fazendo aqui?". As meninas chegaram com quase cinco minutos de atraso e após mais alguns minutos deram-se conta de que estavam "intactas".

O rapaz então apontou em direção a um desfiladeiro que desembocaria em um grande penhasco. Rio abaixo, águas quentes provindas das rochas vulcânicas. Uma prainha persistia incrustada junto ao grande rochedo. Fortes ondas ali quebravam. Ao fundo, mar aberto e infinito oceano. O caminho era estreito e tortuoso. Não era aconselhável olhar para baixo, todavia, não tinha mais como voltar. Encarar o vulcão duas vezes no mesmo dia era algo inimaginável. Sem outra solução, solucionado está. Eles iniciaram mais quarenta e cinco minutos de descida e o barulho das ondas parecia-lhes ensurdecer à medida em que se aproximavam.

Mais próximo à praia, um corte no caminho abria-lhes visão para uma ilhota não muito distante formada por rochas vulcânicas. Várias iguanas repousavam ao sol em suas pedras, como dragões petrificados. Desde o período jurássico, iguanas-marinhas não são espontaneamente agressivas, mas, se ameaçadas, tornam-se perigosas como a esmagadora maioria dos animais na mesma situação. Estes animais são vegetarianos, portanto, entende-se serem menos agressivos que os carnívoros, à exceção de um punhado, como os búfalos, por exemplo.

Enfim, as iguanas adoram comer plantas marinhas encontradas a até trinta metros de profundidade, e para isso ser possível esses belos e enormes lagartos são capazes de segurar a respiração por até meia hora. Haja fôlego! Com caudas que podem atingir mais de um metro de comprimento, são capazes de nadar em surpreendente velocidade.

— Por favor! Não precisamos chegar perto destes monstros, correto? Ainda estamos muito longe de casa? — trêmula, manifestou-se Ana.

Faca em punho, Cauan ignorou a menina e agravando dois tons no timbre de sua voz falou:

— Onde há iguanas-marinhas, vivem as grandes serpentes que adoram comer os lagartinhos filhotes; as canoas estão perto e precisamos estar alertas, pois nossos problemas são as serpentes e não as iguanas — concluiu o jovem.

Pulsações aceleradas, eles agora perseguiam a trilha morro abaixo, finalmente chegando a uma gruta paradisíaca com uns oitocentos metros cúbicos de amplitude e uma pequena praia de areia rochosa em forma de ferraduras/sapatos para cavalos que hoje contam com diversos materiais amortecedores, com milhares de caranguejos avermelhados espalhados.

Várias jangadas de diversos tamanhos repousavam à espera de seus navegantes, muitas delas praticamente cobertas pelos crustáceos.

Que show! Estavam todos hipnotizados ao som do mar que ecoava.

(VERÃO)

LIVRO II

4

EMBARCAÇÕES INDÍGENAS E O MAR

— Qual é a sua jangada? — uma delas perguntou ao Cauan.

— Todas e nenhuma — respondeu Cauan e prosseguiu: — Nós, índios, dividimos quase tudo. Em algum momento tudo atende a todos dentro de um limite razoável. Em nossa comunidade tribal existem aqueles com habilidades para a pesca e para a caça, assim como outros melhores em outras tarefas como plantar, fiar e tecer redes, enfim, existem ainda os marceneiros responsáveis por esculpir barcos dos grandes troncos, ajudar os construtores das ocas, e assim por diante. Temos as cozinheiras, as babás das crianças e idosos, somos como uma colmeia de abelhas, cada qual com funções e responsabilidades diferentes com o todo. A diferença é o livre-arbítrio para mudar de atividade por discernimento individual, e pode-se fazer várias coisas em atenção à vontade e vocação(ões). Cada um faz o que quer e naturalmente isso vai de encontro com aquilo que faz melhor, então os afazeres acontecem conforme a aptidão individual considerando-se sempre alguma necessidade de urgência da tribo, e o Conselho dos Anciões e o cacique não deixam ninguém de braços cruzados. Ninguém fica à toa, pois sempre há muitas atividades emergentes. As crianças estão sempre em ritmo de escola, aprendendo o tempo todo, e isso é muito bom. Um pouco diferente da maioria das escolas de vocês; por aqui, quando se evidencia alguma aptidão para uma atividade específica, dá-se ênfase a isso como se fosse um tipo de atendimento diferenciado. Direciona-se cada um para sua área de maior interesse, desde cada identificação. Não existe um currículo que obriga alguma criança a ser boa naquilo que odeia e acho que deve ser assim na maioria das comunidades indígenas, não sei ao certo — concluiu seu raciocínio, para dar continuidade:

— Para ir ao mar escolhe-se uma ou outra embarcação conforme a carga a ser transportada, sejam pessoas, redes, peixes, cocos, cavalos burros, porcos, gatos, e para as crianças ainda têm aquelas canoinhas ao lado que navegam tão bem como as grandes, assim desde cedo aprendemos a navegar — explicou o pequeno grande índio com seu habitual sorriso.

O papo corria solto na turma, os bichos já estavam a sapatear sobre os caranguejos que sumiam por entre rachaduras e rochas ou ainda disparavam em fuga para o mar, o cão e a porca comiam quantos deles podiam abocanhar.

Das prateleiras situadas numa das laterais da gruta ao lado de muitas redes de pesca eles pegaram máscaras de mergulho, uma grande cesta com cocos verdes, um facão, um arpão e um espeto de ferro com uma das extremidades em forma de anzol.

As embarcações certamente inspiraram nossos modernos trimarás, pois se apoiavam em três bases, uma a mais do que nos catamarás.

— Ajudem-me a rolar aquela maiorzinha para o mar! — apontou Cauan em tom mandatório. — É muito fácil, é só passar o bambu que saiu da parte de trás para a frente e continuar rolando-a até o mar.

Devido ao número de pessoas e principalmente ao peso da Princesa, do Príncipe e da Pink Valente, Cauan escolheu uma embarcação de tamanho médio para grande, a fim de garantir segurança e diversão, afinal de contas eram dez passageiros.

E uma nova aventura começaria em instantes!

As embarcações variam de tamanho conforme os bambus laterais que as sustentam e são deveras eficazes por serem muito bem pensadas, tecnologicamente falando. Simples e eficientes. Próxima à popa e à proa, mas ainda dentro dos limites das embarcações, transpassa uma estrutura de madeira em curvatura até o nível do mar, a qual termina como uma boca virada para baixo que "morde" o bambu preso por cipós.

Os gomos que formam os bambus são importantes componentes de segurança, pois, se entrar água devido a alguma rachadura ou acidente, inunda apenas aquele específico gomo, não ultrapassando aos demais. Caso o Titanic tivesse o interior compartimentado (como nas embarcações modernas), não é que ele resistiria com aquele enorme rasgo, mas ele demoraria mais tempo para afundar.

Para melhorar ainda mais, os gomos das extremidades dos bambus laterais são cortados na transversal com a ponta para cima, o que força a água em movimento a empurrar as superfícies de ambas as laterais das canoas conforme sua aceleração. Isso mesmo! À medida que os ventos enchem as velas, os barcos ganham rapidez e o empuxo proveniente da água adiante mantém as embarcações equilibradas.

Existem diferentes espécies de bambus que conforme o passar dos anos tornam-se grandes e grossos, chegando a vinte e cinco centímetros de diâmetro e grande capacidade de flutuação. O tamanho de cada embarcação depende do tamanho dos bambus laterais necessários para a sua fabricação. Sempre o pior é errar para menos, pois bambus pequenos demais têm gomos pequenos e pouca flutuabilidade.

As meninas e seus animais nunca haviam entrado em um barco antes e estavam apreensivas.

Então Cauan reforçou:

— Podem acreditar que com ou sem vento, mesmo cheias de água, essas canoas não afundam. E quanto mais rápido, menor a chance de afundar. — Mas os baldinhos dentro das canoas as intrigavam e, devido à falta de intimidade com o assunto, elas ouviram com ressalvas o discurso que intencionava acalmá-las.

— Como assim você primeiro diz "não afundam" e depois completa com "menor a chance de afundar"? Isso é incoerente! — bradou Ana.

— É mesmo! E como você pode vincular rapidez com segurança? Isso para nós é muito inusitado! — bradou Luíza.

O rapaz viu a confusão gerada e tentou simplificar:

— É um sistema apurado de pesos e contrapesos. Vamos indo que vocês verão na prática. Uma canoa só afunda quando partida ao meio, o que só acontece diante de baixa visibilidade e tornados, e nada disto está no *script* de hoje, espero. E tem sempre os bambus, que jamais afundam, qualquer coisa vocês se agarram a eles e tudo certo!

E, mesmo sem sequer uma nuvem aparente, todas contemplaram céu e mar com profunda desconfiança.

E o cão, a seu modo, rosnou e latiu informando a todos que já era hora de partir.

Com sarcasmo, Cauan disse que ele ainda não tinha se afogado apesar de várias tentativas, para finalmente, de maneira séria, informar:

— Durante os meses de ventos fortes, a maioria dos homens e algumas mulheres têm o hábito de partir mar adentro todos os dias às cinco horas da manhã até o sol terminar de se levantar, hora de virar as canoas e navegar em retorno. Nossa cultura e tradição nos faz índios da terra e do mar. Eu navego sozinho desde os meus cinco anos e conheço esse mar como a palma da minha mão. Sou um exímio navegador. Competimos entre nós em todas estas saídas matinais em um torneio anual e sempre estou entre os três primeiros. Já ganhei muitos prêmios de velocidade e sou sortudo na pescaria, pois sempre arrastamos uma linha com anzol para o caso de algum peixe querer virar comida.

E Samadhi chancelou a história toda com outro rosnado seguido de mais dois latidos.

— Então vamos de uma vez! — Clara deu a voz que tirou as meninas do limbo.

— Mãos à obra! — falou Jezebel. E Morena foi pega antes que pudesse desaparecer.

E o falante rapaz continuou com outras informações necessárias para o momento.

— O mais legal é quando um peixe enorme é fisgado, então amarramos a linha do anzol na canoa e deixamos que nos leve até que se canse, o que pode levar horas ou mesmo dias. Quando cansamos antes do peixe, cortamos a linha e deixamos o vitorioso seguir seu caminho. Algumas vezes a presa é grande a ponto de comprometer a integridade da canoa, então cortamos a linha rapidamente, pois é melhor pescar a ser pescado. — E o índio gargalhou.

A pesca se mostrava mais justa, pois usar barcos a motor para retirar do mar quaisquer tamanhos de peixes com molinetes poderosos acabara de parecer uma tremenda covardia.

Samadhi e Pink Valente pulavam de embarcação em embarcação, como se fossem fiscais a inspecionar o que existia por ali.

A mula Princesa e o bode Príncipe procuravam se acomodar no meio da embarcação escolhida, com as meninas a lhes acariciar, visando acalmá-los. Morena aproveitou para grudar novamente ao pescoço do bodinho e o cão pôs-se na proa do barco, como se fosse o rei da navegação. Cauan foi o último a embarcar, jogando água em todos, e recebeu olhares fulminantes das garotas.

E, todos a bordo, partiram.

A gata olhava para o mar, que ganhava profundidade à medida que a margem se distanciava, e miava inconformada com a situação.

Mãos e braços remavam avidamente para atravessar a rebentação das ondas, o que foi deveras emocionante, pois o nível da água dentro da embarcação subia tão brutalmente que eles acharam que iriam afundar antes mesmo de iniciarem a aventura ao mar. Todos se ensoparam, mas a única preocupação era remar da maneira mais eficaz possível. Cauan se ocupava com o leme e as velas.

— Está entrando muita água. Vai afundar! — gritou Rebecca.

— Remem! Não vai afundar! Usem o baldinho para tirar a água! — ordenava o rapaz rindo os pulmões para fora do peito.

O cão e a porca pareciam em pleno parquinho de diversões. O cão mordendo algumas ondas, a gata assustadíssima, a jumenta e o bode se portavam como se nada de mais estivesse acontecendo. Para completar o cenário, sobrevoado pelas gaivotas, grasnava o Azulão.

Passada a rebentação das últimas ondas e já rumo ao mar aberto, todos puderam relaxar um pouco e foi, sem sombra de dúvidas, uma realização de paz para as marinheiras de primeira viagem e para os animais. A satisfação pelo êxito em atravessar a rebentação era explícita, mas o baldinho não parava de devolver a água ao mar.

— Nota dez para todos — qualificou o capitão o desempenho até então alcançado. — Esperemos que o mais difícil tenha passado, mas nunca se sabe o que virá pela frente!

Muitos peixes nadavam, num desfile de formas e cores, e uma grande sombra mais abaixo seguia a jangada, assustando as navegantes, mas Cauan foi logo avisando:

— Este é o polvo adorado por nossa tribo. Nós o chamamos de Polvo Rei, pois ele é majestoso e muito inteligente.

A turma se encantava com o fato de até um molusco fazer parte do círculo de amizades do Cauan. O polvo nadava de bombordo a estibordo[2] e vice-versa, e o rapaz avisou:

— Quando ele cansar ou quiser comer, ou ele nos deixa ou pega uma carona. — E riu mais uma vez.

Para os curiosos, o polvo é um cefalópode (cabeça e pés), predador astuto que se camufla em um segundo; tem três corações e oito tentáculos que se regeneram com até duas mil ventosas. Dois terços de seus neurônios estão espalhados pelos membros. A mãe põe uma centena de ovos e os protege com o corpo até a morte. Existem mais de oito centenas de espécies de cefalópodes distintas.

Ninguém entendeu muita coisa até o polvo agarrar com seus oito tentáculos a popa da embarcação e se abrir como um paraquedas para pescar, reduzindo consideravelmente a velocidade da viagem. Cauan jogou um caranguejo que lá estava "perdido" ou mesmo querendo dar um passeio direto na boca do grande cefalópode, que se soltou para degustar seu petisco. A canoa que navegava "a passos de lesma" retomou velocidade.

Todas estavam abismadas com a eficiência do barco de madeira, cipós e bambus, quando o jovem proclamou em voz alta:

— Este barco é muito bom, mas, quando o mar quiser nos engolir, ele nos engole e só o semideus Maui[3] ou nossa rainha Iemanjá[4] podem ajudar. Mas, se eles nos quiserem para si, eles mandam um tornado ou até ciclone, uma grande onda ou mesmo uma baleia para dar-nos uma rabada e "baubau", já era, fim de papo. Viramos pertences do mar. — Ouvia-se mais uma vez a forte gargalhada do rapaz, que aparentemente gostava da ideia de ser engolido pelo mar caso fosse este o seu destino.

Quase que a graça toda teve fim de imediato após tamanha constatação. Se não fosse um dia ensolarado e as águas calmas...

---

2 Enquanto o bombordo se refere ao lado esquerdo da embarcação, estibordo é usado para descrever o lado direito de um barco, quando se olha para a proa.
3 Maui é um semideus mitológico da Nova Zelândia, ou seja, filho de um ser divino com um(a) mortal, o que lhe confere alguns divinos/sobrenaturais.
4 Iemanjá na cultura afro-brasileira é mãe de outras divindades, rainha do mar.

E a embarcação ganhava aceleração e velocidade com o vento, que parecia soprar mais forte a cada momento.

As meninas gritavam de emoção. Samadhi já nascera marinheiro, pois ia de um lado ao outro, até acomodar-se na ponta da proa da embarcação, deitando-se sobre o próprio tórax com as patas largadas sobre as laterais, a tocar a superfície do mar que por vezes o molhava todo. Aproveitando as maiores marolas, ele afundava o focinho para imediatamente virar e olhar para todos com o maior sorriso já visto no mundo canino.

— Este bicho é um navegador nato — disse Cauan, emendando um grito de felicidade: — Yuhuuuuuuuu!

Azulão cantava a céu aberto. Até as gaivotas pareciam acompanhar a diversão abaixo, algumas dando voos rasantes para averiguar como andava a pescaria. Vez por outra uma gaivota fazia um cocô que quase atingia o barco, e o índio falou que fazia muito bem para os cabelos, mas provavelmente deveria ser mais um de seus comentários sarcásticos.

Pink Valente continuava deitada na parte funda da canoa para aproveitar a água remanescente e refrescar-se, sua cabeça apoiada entre Ana e Jezebel, que estavam sentadas em uma das tábuas que atravessavam o barco e serviam de assento. A porca olhava o pequeno-grande índio com amor até que caiu no sono e começou a roncar como um anjo.

E o barco se enchia de água, quando Luíza reforçou o comando do capitão:

— Vamos pegar esses baldes e tirar a água do barco! — Havia três pequenos baldes que Jezebel e Ana pegaram para a tarefa enquanto Rebecca apreciava o paraíso, convicta que, se aquele fosse seu último dia na terra, ela partiria feliz. Os baldes pareciam pequenos e incapazes de vencer a água que entrava, mas davam conta do recado.

Vendo a situação, o capitão Cauan as motivou:

— Isso mesmo, meninas! Continuem tirando a água que assim a canoa demora mais para afundar! — E deu-se uma de suas melhores gargalhadas.

E prontamente a canoa ficou com apenas dois dedos de água no fundo, para alívio das meninas, mesmo que Pink Valente parecesse querer mais e mais água.

Caçoando as meninas e se divertindo mais do que nunca, o jovem rapaz aproveitou para anunciar:

— Com este vento que hoje não parece dar trégua, mais umas quinze horas de navegação e chegaremos à praia do centro onde termina nossa aventura — quando na verdade naquele ritmo bastariam apenas umas duas horas para chegarem. — Basta adicionar o tempo no recife de corais para vocês verem outra maravilha da natureza, e antes de anoitecer a gente chega sem sombra de dúvidas. Da próxima vez, a gente pode sair bem cedo, passar a noite no mar e voltar na tarde seguinte. Aí vocês irão testemunhar minha habilidade de navegar pelas estrelas e ainda de sobra muitas, mas muitas baleias.

— Estamos cem por cento dentro! — manifestaram-se as meninas, já demonstrando considerável confiança nas habilidades do amigo, evitando analisar a fundo aquele jogo de horas maluco do rapaz brincalhão.

— Vejam! — exclamou com irreverência. — Lá na frente, naquela grande mancha no mar, é onde vocês nadarão com tubarões.

— Eu não vou nadar com tubarão nenhum! — respondeu Rebecca caindo na piada do capitão.

— Eu adoro nadar com tubarões, o problema é que já assassinamos mais de noventa por cento deles, mais de 65 milhões todos os anos. — E o rapaz emitiu uma curta e áspera risada nervosa, completando: — Sorte que eles não passam entre si a informação dessa tamanha matança!

Ao chegarem lá, na grande mancha, após quase uma hora de navegação, depararam-se com o início da grande barreira de corais. O capitão jogou uma pequena âncora com espetos de ferro na ponta para firmá-la nas rochas e distribuiu máscaras de mergulho, *snorkels*, nadadeiras e luvas para as meninas, e instruindo:

— Não se encostem nos corais! Não queremos machucá-los, ou melhor, não queremos que ninguém se machuque. Já vi cortes profundos que estragaram outras expedições. Lembrem que existem animais muito peçonhentos. Não encostem em nada que for muito colorido. Existem os tais peixes-pedra que se camuflam tão bem quanto ou melhor do que os polvos. Resumindo, a lei por aqui é não pisar e não pegar em absolutamente nada, compreenderam?

— Sim. — Foi a resposta geral da turma já ansiosa por descobrir um novo mundo.

— Mas um daqueles muitos ouriços será o nosso presente de boas-vindas aos peixes ao redor. Não é educado levar algo sempre que vamos à casa de alguém? Mesmo com esses espinhos, tem peixes que conseguem comê-los. — E com a faca ensinou a maneira correta de abrir a carapaça coberta por espinhos oferecendo um deles aos amigos nadadores. Numa velocidade surpreendente um amontoado de peixes disputava a mão do rapaz. A partir daí, os peixes optaram por nadar perto do benfeitor em agradecimento, ou vai que ele resolve abrir outra iguaria. Percebendo o desejo de todos e a abundância dos ouriços presentes, ele passou a faca e supervisionou cada uma abrir sua própria oferenda, para depois abrir o último e repartir entre a tripulação. As meninas estavam esfuziantes por alimentarem muitos animais submersos extremamente bonitos de uma só vez, pois abaixo os corais pareciam sorrir com o que lhes sobrava. A rapidez com que tudo acabou foi surreal.

Os humanos agora começaram a comer os ouriços em grande quantidade. Alguns os chamam de caviar dos pobres em referência a outra iguaria de preço elevado.

Várias espécies dos pequeninos peixes que vemos em aquários ornamentais crescem muito mais no mar aberto, onde há espaço e onde tamanho é documento, pois o maior muitas vezes come o menor. Viam-se alguns destes, outrora peixinhos de aquários, agora com mais de trinta centímetros. Eles deixavam-se acariciar quando se aproximavam das máscaras para ver de perto quem eram os nadadores com dedos, braços e pernas separados, provavelmente refletindo que tipo de espécimes estranhos e desengonçados haviam chegado no pedaço.

— Lá na frente, aquela mancha escura à esquerda é uma floresta subaquática onde os peixes pequenos se alimentam e se escondem de peixes maiores. Vamos aproveitar a maré baixa. — E o capitão pulou no mar armado de um pedaço de ferro torcido como um anzol em uma das pontas. Até quando o rapaz desaparecia em mergulhos profundos, Samadhi o seguia, nadando a sua volta. Formavam uma dupla de dar gosto.

Antes de eles se espalharem pela vasta região em exploração ao novo mundo, Cauan garantiu a inexistência de tubarões na região e as meninas concluíram que o papo dos tubarões só poderia ser brincadeira mesmo. Quando viram o que de fato apresentava-se como uma piscina natural no meio do oceano como um verdadeiro oásis, cercada por corais, não se contiveram e foram nadar.

Mas não pequemos por omissão, o fato é que tubarões vivem no mar e o mar é de todos. Na real, são tão poucos os humanos atacados por tubarões que, à exceção de certas regiões específicas e notórias, pode-se nadar tranquilamente. Além disso, por haver muitos cardumes de golfinhos na região, os tubarões mantêm distância com medo de confrontos indesejáveis.

O gigante problema é sempre os humanos que matam muitas dezenas de milhões destes magníficos animais todos os anos, entre seis e oito por cento deles, o que é inacreditável. E pior, muitas vezes eles os pescam para sopa de barbatana, cortando-as para depois jogá-los ao mar, onde eles sofrem até a morte. Sem comentários...

Sem contar a importante responsabilidade deles para o equilíbrio do ecossistema marinho. Vejam o caso de Mao Tsé-Tung com os passarinhos e imaginem as repercussões desta matança descontrolada e descomunal.

Honestamente, caso seu destino seja ser comido por tubarões, que assim seja. Dê-se por honrado. Há muitas maneiras piores de partir e por volta de duzentos e cinquenta mil pessoas partem todos os dias. Simples assim!

Aliás, por serem transmissores de doenças, mosquitos matam centenas de milhares de seres humanos todos os anos enquanto se estima em dez o número anual de mortes humanas decorrentes de ataques de tubarões, ou seja, preocupem-se com pernilongos, cobras, crocodilos, elefantes, etc., mas fiquem em paz com os tubarões.

É hora de deixar o medo e a arrogância de lado para admirar e enaltecer os tubarões por sua beleza e importância na cadeia alimentar oceânica, mesmo porque, dentre todas as espécies existentes, a maioria esmagadora é inofensiva aos seres humanos, e nadar com estes pode ser muito divertido.

De volta à água do mar, ela estava transparente e a uma temperatura bastante agradável. Sua transparência fazia parecer não haver água, como se todos os animais aquáticos estivessem flutuando num espaço sem a força da gravidade.

A luz do sol expunha uma infinidade de tons num infinito de peixes coloridos e muitos invertebrados, como anêmonas de vários tamanhos tipos e cores; esponjas marinhas do mesmo modo. Corais formando um vasto campo que parecia um gramado de golfe com grandes manchas azuis, vermelhas e amarelas, mas o que parecia uma predominante flora era fauna, pois em sua maioria eram pequenos animais chamados pólipos. Isso mesmo, estes animais geram esqueletos conhecidos como rochas vivas num habitat maravilhoso.

Numa comparação esdrúxula a título de linguagem figurada, um conglomerado destas rochas vivas forma comunidades submersas como grandes cidades. Pena que tudo isso está gravemente ameaçado por vários fatores, destacando-se entre eles a poluição humana, o aquecimento global da água e o aumento do gás carbônico na atmosfera, que reage com a água, tornando-a mais ácida e impedindo que esses animais formem seus esqueletos, enfim, outra tragédia de dar medo. Os bichos morrem deixando rastros de esqueletos esbranquiçados. Fim destes ecossistemas biologicamente ricos. Fim destes paraísos submersos. Fim do lar de incontáveis espécimes marinhos que, ao perderem suas casas, tornam-se presas fáceis ou simplesmente morrem pela falta de seu habitat.

— Precisamos ficar mais tempo, pois eu não vi nenhum cavalo-marinho. — Clara rompeu o silêncio.

— Eu vi uma enorme estrela-do-mar colorida — Ana falou.

Existe guerra por espaço entre corais, sim. Uma guerra de armas químicas. Mas, contanto que cada um cresça para o seu lado e respeite o espaço do vizinho, tudo acaba bem. O direito de um termina quando começa o direito do outro, como se deve ser, ou veem-se guerras pela sobrevivência de comunidades estabelecidas e não por motivos políticos ligados ao ego ou aspirações financeiras. Quando um coral de animais decide invadir o território alheio não tem para onde correr (que não pelos descendentes continuamente lançados ao mar em busca de novos horizontes).

O mais inesperado foi ver a Pink Valente ao lado do Samadhi como se fosse uma esportista olímpica nascida para nadar, ambos procurando estar o mais perto possível do jovem capitão.

As meninas haviam retornado da piscina natural onde elas tomavam sol e se banhavam desfrutando de uma paisagem acima e submersa indescritível, todas carentes de uns goles de água dos cantis no barco. Então elas procuraram se hidratar ao máximo, lembrando-se de deixar água doce de reserva para qualquer imprevisto.

E o jovem capitão apareceu com um polvo grande atravessado pelo espeto, um peixe e duas grandes lagostas dentro de uma rede mantida à distância devido às suas resistentes e ameaçadoras armaduras pontiagudas. O polvo, já dentro do barco, contorcia-se e mudava de cor, agarrando-se a tudo o que podia tocar em busca de um resto de sobrevivência, e as lagostas batiam suas caudas, o que causava muita aflição e dó. É bem diferente caçar a ir ao supermercado comprar "tudo pronto".

— Isto é o que chamamos de pesca artesanal. Bem diferente daquelas grandes redes que os barcos arrastam destruindo o fundo dos mares e matando tudo pela frente. Nós índios só caçamos animais adultos! Não matamos filhotes de nenhuma espécie. Parece justo, não é mesmo?

— Siiiiiiiiiimmmmm! — responderam as meninas em coro.

Então ele disse:

— Isto é um presente meu para seus pais, o que vamos beber e comer agora são os cocos que devem estar no compartimento debaixo, na popa da canoa, e não se preocupem, trouxe tudo o que é necessário para fazer o melhor *ceviche* de coco e peixe que vocês nunca sonharam comer em suas vidas.

E de sua pochete ele tirou um frasco com suco de laranja e outro com azeite, coentro, uma cebola roxa, limão e cortou a carne do coco em tiras, picou todo o resto dentro da cumbuca, fatiou o peixe e ficou incrível. As tiras do coco pareciam tiras de lula a se misturarem com o polvo e o sabor estava "de outro mundo".

— O segredo — continuou Cauan contentando-se com o silêncio da turma, que comia sem parar — está em escolher o coco certo que dará a carne e a água certas para o gosto ficar como ficou, além do peixe certo estar fresco, é claro. — E todos continuaram mudos, apenas comendo o banquete feito pelo amigo.

Clara quis saber mais:

— Como você conseguiu pescar tudo isto em tão pouco tempo?

— Localização e prática — respondeu o pescador. — Existem milhares de polvos, lagostas e infinitos peixes lá embaixo; nós pescamos apenas o que precisamos para viver. Desde nossos ancestrais, somos proibidos de caçar qualquer animal jovem, ou em fase de reprodução, então, como a época permite, trouxe apenas estes adultos grandões.

E Ana avistou duas velas ao longe que rapidamente ganhavam tamanho e, apontando-as com o dedo, perguntou:

— O que é aquilo?

— Aqueles devem ser uns amigos meus chegando para aproveitar o fim do dia e passar a noite por aqui. Aproveitar dos corais logo na primeira luz do sol e partir rumo à pesca dos grandes peixes no mar azul, a umas quarenta milhas náuticas de distância.

— Eles estão a uns quinze minutos de distância — avisou o jovem ao resto da turma quando, ainda distantes, aqueles navegantes acenavam anunciando uma pronta chegada. Um pouco mais próximos, Cauan já os identificara. Eram Macunaíma, Caramuru, Toriba, Taiguara e Apoema, todos moradores de uma aldeia vizinha e amigos de infância de Cauan.

Ao chegarem foi uma intensa troca de palavras amistosas e muitas risadas. Além de seus próprios nomes, as únicas palavras compreendidas pelas meninas foram Samadhi, Morena, Pink Valente, Príncipe e Princesa.

E pousou na proa do barco da turma uma fantástica arara-azul que mais parecia um papagaio, pois assim que chegou não parou de falar com seus novos amigos no idioma que só os nativos conheciam, todavia o mais bizarro de tudo era que, além dos locais que trocaram algumas palavras com a ave, aparentemente todos os bichos se entendiam. Era a arara falando de um lado, o cão latindo e rosnando do outro, no meio a gata miando, o bode balindo, a mula orneando e a porca grunhindo num parlatório digno de qualquer plenário.

No meio disto tudo Cauan "abriu caminho" e explicou às suas amigas que, com exceção de um deles, que era muito tímido e não conseguia falar muito bem com meninas, o restante falava muito pouco o idioma do "homem branco". O tímido ficou com suas bochechas enrubescidas após um comentário incompreendido pelas meninas e o resto de seus amigos aproveitou para rachar de rir da cara dele.

E uma das canoas recém-chegadas partiu para o lado direito, vindo a ancorar a uns dois quilômetros de distância, enquanto a outra fez o mesmo na direção oposta.

A arara preferiu a companhia dos novos amigos e ali permaneceu conversando com todos até o momento de eles partirem, quando ela abriu um par de grandes asas e voou junto a seu pessoal.

A turma se divertia mais do que se estivesse em um parque de diversões, mergulhando e boiando, e por vezes até ficando em pé entre as rochas nos locais onde havia um pouco de areia aparente.

Era proibido pisar nos corais!

Tudo era simplesmente surreal. Aquela natureza toda, os peixes chegando a poucos centímetros das máscaras de mergulho e se deixando tocar amistosamente. Isso tudo realmente era de impressionar quem quer que seja, todavia os locais vivenciavam com a naturalidade de quem desfrutava deste tipo de vida frequentemente, para não dizer diariamente.

Pink Valente cedera a parte mais encharcada da canoa para os pescados e o cão resolvera deixá-los em paz após sofrer um pequeno corte no nariz causado por uma das lagostas.

O Príncipe e a Princesa pareciam dormir. A perceptível mudança de coloração ao longe no horizonte fez Cauan anunciar com um pingo de tristeza, em tom de despedida, que já era hora de partir, e pairou um silêncio momentâneo nos semblantes das garotas.

— Vamos indo? — repetiu o rapaz. — Não acho que os pais de vocês aprovariam mais uma noite longe de casa, quanto mais em uma canoa sobre uma plataforma de corais no meio do mar. Que tal combinarmos outras navegações, talvez irmos a outros passeios em ilhas mais distantes sem termos que passar por "dragões" e cobras gigantes? — perguntou Cauan.

E todas responderam com um sonoro e esfuziante sim.

Cauan já passara muitas noites ancorado sobre corais com seus amigos, ou navegando mar adentro, mas as meninas ainda eram bastante urbanas para isso.

Recolhida a pequena âncora, eles puseram-se a navegar rumo à praia. Peixes voadores quicavam no mar, alguns deles voando sobre o barco, quando uma família de golfinhos resolveu brincar e saltar "os braços" que seguram os bambus da canoa, num espetáculo aquático em mar aberto e alta velocidade simplesmente à parte. Era uma aula de natação para o jovem que imitava seus pais. A princípio eles(as) permanecia(m) um pouco distante(s) apenas olhando. Após alguns sons e saltos, um deles se arriscou e foi bem-sucedido desde sua primeira tentativa. Eles se comunicavam entre si extensivamente. Ouvidos apurados podiam reconhecer uma linguagem elucubrada e rica em ritmos, sons e timbres.

— E eles estão tentando falar algo com a gente! — exclamou Luíza.

— E por que não? Já que eles até se comunicam com animais marinhos de outras espécies — respondeu Clara.

— Talvez isto seja um show e agora eles querem peixes — disse Rebecca.

— Eles simplesmente são simpáticos e sociais. Gostam de fazer amizade e ganhar um peixinho quando temos de sobra — ponderou muito sabiamente Jezebel.

— Eu não acho que eles tenham quaisquer problemas em arrumar peixes por aqui — completou o capitão. — Mesmo porque eles têm sonares poderosos. Eles adoram as marolas das embarcações fazendo massagem em seus corpos, isso é outra explicação de por que os golfinhos acompanham os barcos.

— Óbvio que não, eles apenas estão fazendo amizade conosco — contestou Rebecca de forma absolutamente romântica.

— Os golfinhos de aquários sempre ganhando peixes após alguma façanha vivem muitíssimo menos do que quando soltos! — disse Luíza.

— Que triste! — foi a vez de Cauan expressar sua revolta. — Eles devem ser muito tristes quando presos, pois vivem em liberdade, em grandes grupos, são muito sociáveis, então a vida confinada deve ser muito triste, aterrorizante.

E para espantar esta imagem as meninas começaram a fazer aquelas vozinhas que muitos adultos fazem ao mimar bebês, o que foi plenamente correspondido pelos golfinhos, de forma diferente, é claro.

Um casal de grandes tartarugas decidiu "entrar na dança" e aproximou-se de uma lateral enquanto uma arraia de uns quatro metros de envergadura se insinuava para cima e para baixo à frente da embarcação. A turma navegava em ritmo de festa.

Então Cauan alertou-se:

— Não é bom navegarmos muito próximos da margem agora que estamos chegando, pois temos que tomar cuidado com as rochas ao ultrapassar o pontal.

O tempo passava "a jato".

Ultrapassado o pontal, viria a praia do centro, destino final do passeio.

A arraia e as tartarugas já os tinham abandonado, mas golfinhos os acompanhavam rumo à praia para brincar nas ondas com um grupo deles que lá estava a curtir ao lado de surfistas humanos.

Já na praia, junto à via de trânsito para bicicletas e motonetas de uma orla à outra, um amontoado de pessoas encontrava-se a ver dois xucaios, também conhecidos por urubus. Eles travaram uma feroz disputa em que cada adversário tentava prender o pescoço do outro com as patas no chão para expor a cabeça a bicadas poderosas. A disputa podia acabar em morte, pois seus bicos eram capazes de desmembrar e destroçar ossos. Outros deles aguardavam ao lado o desfecho da luta, outros planavam acima como espectadores. Os urubus possuem penas no fim de suas asas que lhes servem como os ailerons[5] dos aviões. Essas aves mantêm as praias limpas ao consumirem quaisquer carcaças de animais mortos trazidos pela correnteza. É o conhecido "pessoal da limpeza". Importantíssimos! Contribuem para o bem-estar do meio ambiente e contam com a ajuda de siris e caranguejos. Os camarões também fazem parte da turma da limpeza, além de várias outras espécies que se alimentam de organismos mortos ou em decomposição, que se chamam necrófagos. Entre os detritívoros estão vários tamanhos de animais, desde os menores, como fungos e bactérias que consomem excrementos, até as pequenas minhocas, médios roedores, e por fim temos os grandes abutres, hienas etc. Cada qual com seu indispensável e específico hábito alimentar ajudando a manter tudo limpo e livre de contaminações maléficas.

---

5   Os ailerons são partes móveis dos bordos de fuga das asas de aeronaves de asa fixa, que servem para controlar o movimento de rolamento da aeronave.

Os fungos são fundamentais para decompor matéria orgânica e criar energia e vida, ou seja, têm a missão de reciclar corpos, madeira, vegetais e trilhões de folhas num papel salutar e fundamental para que o solo prospere e absorva seus nutrientes. Com incontáveis espécies distintas, eles trabalham ininterruptamente. Os micélios, parte ramificada de seus corpos, formam redes existentes em infinita escala no subsolo e são vitais à absorção, prisão e reciclagem do carbono existente em todos os materiais orgânicos.

A vida depende dos fungos, mais uma vez mostrando que tudo na natureza é intimamente interligado, portanto devemos dar mais importância à reciclagem e à compostagem, incluindo os nossos detritos.

Devemos reduzir desperdícios e parar de jogar produtos químicos e plásticos para todo o lado imediatamente, aliás, devemos substituir os plásticos comuns por materiais biodegradáveis e tomar muito cuidado com pesticidas.

Samadhi e Pink foram os primeiros a saltar, pois queriam surfar junto a seus novos amigos. Um golfinho apareceu por debaixo do cão, que pegou uma carona em suas costas.

Finalmente todos pularam no mar, à exceção de Cauan, que de forma rápida e impecável virou a proa do veleiro novamente mar adentro despedindo-se dos novos amigos com um aceno, enquanto o sol se punha no horizonte.

— Como você vai voltar no escuro? — gritou Ana, já que o sol baixava rapidamente.

— Não se preocupem! Os golfinhos me escoltam e as estrelas me orientam. — E, com seu costumeiro sorriso no rosto, deu uma piscadela final antes de sumir rapidamente no horizonte.

Todas sentiam uma admiração indescritível pelo pequeno grande amigo que se sentia em casa tanto no mar como na floresta. Seu universo era bem maior que a combinação dos delas até então.

Agora elas sabiam muito mais coisas do que antes do início desta aventura. Muito mais.

Ciente de que a aventura na água estava no fim, a gata não mais aparentava pânico e curtia sua carona agarrada ao bodinho que, igual à Princesa, se mostrou outro bom nadador.

Ao saírem da praia e ainda assimilando os dias mágicos que tiveram, a turma caminhava em silêncio com seus pescados ainda vivos quando João da Roça, que acabara de descarregar suas melancias e abóboras, apareceu em sua carroça puxada a boi pronto para ofertar a mais bem-vinda das caronas.

Olhando a conhecida turma agora aumentada, com seu sorriso grande e banguela, João anunciou em forma de pergunta:

— Ué, garotada, agora tem até porco, jumenta e bode na turma? — Carroça montada e sorrisos felizes, as meninas acariciavam seus novos amigos aproveitando a cadência do balançar para refletir sobre a riqueza das experiências vividas e agradecer ao sol, ao mar, ao ar, à vida!

Todas estavam conscientes de que para o resto de suas vidas lutariam pelo bem da natureza, pela sustentabilidade e contra qualquer coisa que acelere um possível colapso ecológico.

E finalmente chegaram cada uma a sua casa.

Com energia plena, mas sem palavras suficientes, procuraram explicar a seus pais os dias de aventuras, e foram dormir.

No dia seguinte organizaram para suas famílias um belo churrasco em homenagem aos inesperados pescados, quando explicitaram as aventuras vividas, e unanimemente os pais decidiram por um castigo de uma semana sem telefone e televisão pela perigosa escalada ao vulcão.

O episódio da onça, dos lobos e do escorpião também fez os pais estremecerem, com calafrios em seus ossos.

5

AVENTURA NO RIO

Após um delicioso café da manhã, as meninas capricharam como sempre na escovação de seus dentes, sempre passando fio dental, e foram se encontrar na praça diante de suas casas, onde há um longo percurso para pedalar bicicletas, patinetes, patins e skates, com desafios para atender a quaisquer níveis de habilidade. A praça também tem algo parecido com uma gigante e vazia piscina que de várias maneiras oferece divertimento para todos os gostos.

A praça é *top* mesmo! Irada, como refere-se parte da garotada. Animal, como refere-se outra parte. Muito arborizada, um alento para o sol escaldante do verão, oferece ainda cabanas espalhadas para reunir, além de um parquinho de diversões com balanços, escorregadores e gangorras para ninguém ficar de fora ou aguardando sua vez; vários tanques de areia, um deles com um telhado onde crianças menores e até os adultos podem brincar protegidos dos excessivos raios solares que podem vir a ser prejudiciais à saúde.

Esculturas de areia são motivo para um concurso anual na escola com direito a medalhas, troféu e fotografias expostas na parede do corredor de entrada. No ano passado, a vencedora foi a Cachinhos, uma menina muito bacana que ostenta fartos ruivos cabelos cacheados. Desde seus três anos ela tem o costume de se fantasiar de princesas como a Moana, Bela, Aurora, Tiana, Cinderela, Branca de Neve, além de outras, sem jamais deixar de lado sua boneca Patakinda. Ela tinha birra da Ariel, que desejava se tornar uma humana ao invés de permanecer uma sereia por mais de trezentos anos com outras sereias e tritões, além de inúmeros amigos aquáticos de espécies diferentes, comunicando-se com todos telepaticamente.

No meio da praça ainda havia dois realejos fincados ao solo onde papagaios e periquitos como "profissionais liberais" alternavam-se em abrir a gavetinha que continha mensagens de esperança e amor, para distribuí-las a quem chegasse. Pássaros mais jovens aprendiam com os mais experientes a bicar um papelzinho e entregá-lo em retribuição a quem ali chegava com alguma fruta nova. Não se sabia ao certo quem, pelo menos a cada dois dias, abastecia a gavetinha sempre com sábias mensagens, mas suspeitava-se que era o bêbado da cidade, que o fazia quando limpava o realejo do teto ao chão e ao redor. Apesar de parecer não seguir suas próprias mensagens escritas, o fato é que este senhor de nome desconhecido mantinha o local sempre limpo e em ordem. Sua caligrafia era de tal beleza que parecia elaborados desenhos formando pequeninos quadros de pura arte. Dizia-se no boteco da rua principal que o homem fora um escritor de sucesso, e que perdera a filha por causa de um acidente com sua motocicleta. Então a vida do sujeito desandou, visto que a sensatez comanda o máximo de distanciamento entre filhos e motocicletas.

Certa vez, este senhor de passo quase sempre cambaleante, rosto coberto por longos cabelos e barba geralmente suja, intrepidamente disparou em alta velocidade, desviando-se de várias pessoas, e pulou no pescoço de um grande cachorro raivoso que adentrara correndo a praça para morder as crianças que estavam a brincar. Na hora exata, ele as salvou. No último segundo. Por conta desse ato heroico, grande parte de Rio Pequeno passou a fortemente desejar o pleno restabelecimento desse senhor, indo visitá-lo enquanto esteve no hospital devido aos ferimentos causados pelas mordidas do cachorro doente que quase o levaram a óbito. A pequena comunidade fazia fila para visitar o sujeito, que ganhou até uma medalha do prefeito, mas quando teve alta largou-a sobre a cama com um bilhete direcionado à chefe da enfermagem com a simples mensagem: "obrigado".

A comunidade toda, e principalmente as famílias das crianças salvas, juntaram-se para oferecer-lhe uma área para moradia e incentivos para que se construísse sua residência, mas, em autoflagelo, ele negou a oportunidade e optou por continuar dormindo ao ar livre, faça frio, vento ou chuva.

Que pena um homem tão sábio e tão bom viver daquela forma. Na verdade, ninguém sabia o que se passava em seu interior. O que se sabia é que ele jamais aceitava o que excedia a palma de sua mão, seja arroz, frutas ou quaisquer outros alimentos.

— Um bom homem de coração partido que perdeu a sensatez, talvez? — disse certa vez o pai Edu, ressaltando: — A resiliência e a perseverança são fundamentais para manter a cabeça erguida e seguir adiante, pois fracassos e frustrações fazem parte da jornada de todos e representam desafios a serem superados, lembrando que são estas superações que conferem um sabor especial à vida. O fracasso nos presenteia com adversidades e frustrações, essenciais para aqueles que aspiram a uma vida de superações.

Todavia os olhos do bondoso homem reluziam uma luz e uma profundidade absolutamente singular, como se pintassem o infinito, falando milhões de palavras sem nenhuma verbalização oral, visto tratar-se de um homem de pouquíssimas palavras. Talvez ele já tivesse encontrado aquilo dentro de seu universo, talvez não.

Fica a dica de que motocicletas não devem ser um meio de transporte diário no trânsito, mas algo a ser usado, no máximo, esporadicamente em dias de sol, e o mais longe possível de carros, ônibus e caminhões, pois muitos acidentes idiotas já destruíram famílias inteiras. Por conta da rapidez e do peso, a cabeça é quem quase sempre serve de para-choque. Como só a roda da frente é realmente capaz de frear com eficiência numa emergência, como fica quando chove ou em solos de pouca aderência? Como fica quando temos uma poça de óleo no chão no meio de uma curva?

— Acelerar é fácil, difícil é sobreviver ileso — terminava o pai Edu, sempre prudente, imputando medo de motos nas pessoas que o escutavam.

Pois bem, findo o sempre lógico e pertinente lembrete sobre o quão perigosas são as motocicletas, voltemos às meninas que, cheias de energia por terem ido dormir cedo na noite anterior, programavam como iriam aproveitar o dia seguinte mesmo que debaixo de chuva, fizesse frio ou calor.

Era um dia ensolarado em pleno inverno, inspirando uma aventura que abarcasse o inesperado, os improvisos, novos aprendizados e emoções.

A meteorologia anunciava que o dia seguinte também seria ensolarado.

As meninas começaram logo cedo cumprimentando o dia, como de costume, assim como inventar palavras supostamente nunca ditas, afinal de contas, todas as palavras foram originalmente um dia inventadas para sofrerem suas devidas mutações, não é mesmo?

— Bom dia, dia! — disseram, animadas com o novo dia. Quando nuvens cobrem o céu, costumam dizer: *Bom dia bomblado!*, referindo-se à palavra nublado. O fato é que, claro ou escuro, chuva ou sol, as meninas saudavam o presente dia, cada uma a seu modo, todos os dias.

Quando chovia era uma festa total. Na verdade, quanto mais forte era a chuva, mais divertido ficava. Medo de trovão, quem dera! O poderoso Thor podia bater seu martelo adoidado que as meninas não estavam nem aí para isso. Apenas Ana preferia ficar resguardada dentro de casa quando a tempestade era muito forte. O cachorro adora pular nas poças com a Javali Pink Valente, e as meninas adoram tomar banho de chuva, mas no céu daquele dia não havia uma única nuvenzinha, sendo obrigatório o uso de filtro solar.

Samadhi, com seus incansáveis pulos, sorria a mostrar seus enormes dentes capazes de destruir o que quisesse morder com força. Como leal protetor, coitado de quem quiser o mal de qualquer um da turma. Só se for maluco ou sem noção de perigo. Ninguém pode ou deve irritar qualquer uma das meninas na frente do cão, isso é fato. Ele cresceu como uma beleza nos olhos das irmãs Clara e Luíza que o amavam como a um membro da família.

— A beleza está nos olhos de quem a vê — diz sempre o pai Edu.

O cachorro dormia alternadamente aos pés das irmãs, tamanha a sua devoção. Ele vivia para as irmãs e posteriormente para o resto da turma. Outro dia, ele chegou a rosnar para o pai delas, pois ele estava dando uma bronca pra lá de severa nas meninas. Decerto que ele nunca o morderia, pelo menos a ponto de machucar, mas rosnou para deixar claro que já era suficiente. Por vezes ele segurava algum membro de algum dos familiares e rosnava, mas jamais os machucava.

As meninas são respeitosas e bem-comportadas. Cumprem exemplarmente com as obrigações escolares, preocupam-se com a higiene e são organizadas, fazem suas camas e arrumam o próprio quarto todos os dias. Além disso, sempre ajudam a lavar a louça suja sem reclamar e o fazem até quando não são solicitadas. Elas se divertem e meditam enquanto cozinham ou passam o aspirador de pó. Nada mais certo e educativo do que preservar o lugar onde se mora, diga-se de passagem. Programas de culinária na televisão estão entre seus programas favoritos.

Como de costume aos sábados pela manhã, as meninas caminharam para o lugar combinado na praça debaixo de uma palmeira, onde, em roda, decidiriam o que fazer.

Luíza propôs:

— Vamos descer o rio sentadas nas boias de pneus de caminhão? O que vocês acham? — Todas se animaram com a ideia. O cão dava pulos cada vez maiores de felicidade, pois Sinhô Juca, com seu indispensável chapéu de palha, possuía a única borracharia local e sempre estava disponível para a molecada. Isto mesmo, o cachorro parecia compreender cada palavra das meninas.

Quando necessário, Sinhô Juca conserta ou troca câmaras de pneus, ou seja, havia vários tamanhos de boias, desde as pequenas, de bicicletas, até as grandes, de caminhões, desgastadas ou bastante remendadas, à disposição até para o cão e para a javalina Pink Valente. Uma festa! É pura diversão descer o rio sentado naquelas boias faça chuva ou faça sol, em qualquer estação do ano, mesmo no inverno, apesar do frio. É para isso que existem roupas de borracha, não é mesmo? Elas inclusive ajudam a proteger das batidas contra rochas e pedras.

A jumenta Princesa e o bode Príncipe não desceriam o rio por perigo de fratura nas longas patas, que poderiam se prender em algo no fundo do rio, e a gata Morena não era nada fã de se molhar. Todos os demais participariam da aventura que começava na caminhada morro acima após os preparativos necessários.

As meninas são muito resistentes por conta dos esportes que praticam diariamente após seus deveres escolares e as aulas de educação física, então dormem sempre cansadas, mas acordam cheias de energia, como se nenhum esforço tivesse sido feito no dia anterior, um dos aspectos da juventude.

A caminhada colina acima levaria a manhã toda, no início da tarde seria quando elas adentrariam o rio. Daí o motivo de a preparação começar logo cedo, ao cantar do galo e ornejar da jumenta, que sempre desperta o uivo do cachorro, que imita muito bem os lobos e faz com que a gata os acompanhe com seu miado mais refinado.

Por serem bem-educadas, elas correram para avisar aos pais que pretendiam descer o rio com boias, o que é sempre um grande desafio, principalmente após uma chuvarada.

Chovera muito a semana toda até anteontem e a água abundava rio abaixo em fortes correntes. Muitas inundações, mas o rio estava perfeito para ser navegado por aqueles com alguma experiência. O céu estava límpido pela forte tempestade da noite anterior e imediatamente a turma preparou suas mochilas e começou a cantoria que ao longe se podia escutar:

Vaca amarela, fez cocô na panela, quem chegar por último come tudo dela...

E partiram em disparada, o mais rápido possível. Ao saírem da borracharia, Sinhô Juca alertou:

— Vão com cuidado! E lembrem-se que o mais importante é se divertir com muita prudência!

O medo de acidentes deve demandar correspondente parcimônia, que o mais das vezes nos faz muito bem, não é mesmo?

— Ô bicho, cuide bem destas meninas! — gritou o velho por último para o cachorro antes que este não mais pudesse ouvir, e Samadhi virou rapidamente seu focinho balançando-o para cima e para baixo sem diminuir a sua corrida.

Com suas bicicletas, capacetes e protetores de punhos e joelhos (machucados são dispensáveis, principalmente se podemos mitigá-los ou atenuá-los), as meninas atravessaram rapidamente a praça central da cidadela.

A aventura recém-começada terminaria junto a um grande abacateiro que marca a última curva do rio antes de ele despedir-se da cidade, na presença de um antigo moinho de vento, e ali elas deixariam algumas de suas sacolas com toalhas, e alguns biscoitos com recheio de chocolate.

A primeira a chegar ganharia um pão doce da padaria do senhor Manuel, pai de Ana.

Todos os rios desembocam no mar, o que é bem interessante, dizia a professora Janaína. Algum dia elas haveriam de conferir essa teoria em outros rios pelo mundo.

A promessa de uma belíssima aventura com muito exercício é tudo o que as meninas gostam. O cão, sempre correndo à frente para se certificar sobre possíveis ameaças, voltava aos pulos até o final da fila para confirmar se o perímetro estava protegido. Ouvia-se um alto canto, provavelmente do Azulão, amigo ao alto. Será que Cauan haveria de aparecer?

Jezebel gritava:

— Venha cá, garoto! — E o cachorro pulava sobre ela para depois pular em cada uma das meninas em pura alegria.

O sol permitia calcular o momento certo de começar a descida, bem antes do crepúsculo, o que garantiria umas quatro ou cinco horas de pura diversão, então as meninas, ofegantes e suadas por conta da longa caminhada, chegaram ao local mais alto possível antes da descida.

Nesse momento, Cauan apareceu perguntando se haveria algum chocolate por ali e, saudado pelas amigas, engoliu metade de uma barra que elas trouxeram para ele.

As moças retiraram as câmaras/boias das mochilas e usaram uma pequena bomba de ar para enchê-las. Com maiôs por debaixo, elas despiram-se das roupas para guardá-las nas mochilas, que imediatamente foram ensacadas e amarradas às boias para que tudo permanecesse seco até o final da aventura, e prepararam-se para entrar no rio.

— Que bom que vocês trouxeram uma boia extra em caso de qualquer necessidade, isso evitou que eu tivesse que me amarrar a um monte de cocos para acompanhá-las rio abaixo — disse Cauan sorrindo.

O cão e a porca aguardavam suas boias. É obvio que os bichos não se sentariam no meio das boias, mas entrariam no meio delas segurando-as com as patas dianteiras.

Para o resto da turma bastava sentar-se no meio e não afundar muito o bumbum para não bater em nada mais raso, abraçar as laterais das boias e torcer para nada furá-las, uma vez que protegem seus passageiros por todos os lados.

A largada seria dada ao final de uma contagem regressiva a partir do dez, então começaram:

— Dez, nove, oito, sete, seis, cinco, quatro, três, dois, um e já!

Prontamente Rebecca antecipou-se e tomou a dianteira no rio que por vezes se afunilava, aumentando a correnteza. Várias curvas e escorregadores, intensas corredeiras e fortes quedas-d'água com piscinas naturais abaixo estavam à espera.

É necessário o máximo de prudência e atenção, pois águas em queda não só formam piscinas naturais, mas também buracos com redemoinhos que facilmente afogam os melhores e mais experientes nadadores. Portanto, para uma aventura como esta, é terminantemente indispensável um tanto de astúcia e habilidade, além de boias adequadas e um mínimo de três amigos por perto, caso alguém fique preso nestes redemoinhos, bata forte a cabeça em alguma pedra, enfim, qualquer infortúnio.

Mas nenhuma ocorrência desagradável aconteceu, muito pelo contrário. Foi tudo alegria e divertimento. A descida deu-se por horas de puro entretenimento e antes do completo pôr do sol eles chegaram ao fim do percurso absolutamente felizes junto ao abacateiro, às toalhas e os quitutes, e mais uma aventura desafiadora fora realizada. Um semblante de plenitude estampado na face de todos.

Quem venceu não era mais importante. Eram todos campeões.

O sol se punha e eles precisavam devolver as boias na borracharia, que quase sempre fechava com a padaria. Ainda bem que ela ainda estava aberta, o que era um ótimo sinal. Um caminhoneiro ali estava a consertar um pneu. Devolvidas as boias ao Sinhô Juca, que era só sorrisos, elas caminhavam juntando o dinheiro de todas para os deliciosos pães doces e o que desse de salame a ser repartido entre o cão e a javalina.

Corvejando alto, a ave prima dos corvos avisou o amigo que chegava sua hora de voltar para a floresta. Cauan aproveitou para despedir-se a caminho da aldeia, mas as meninas não o deixaram partir. Ele tinha que fazer parte do banquete final e a lua cheia deixava a noite bastante clara, portanto não haveria de ter problema algum, porque ele conhecia a floresta como a palma de sua mão. E chegaram finalmente à padaria ainda aberta ao público, mas já com metade de suas portas fechadas.

Denunciado pela língua tombada ao lado, o cão já não pulava como antes, mas tinha estampada na cara a satisfação; enquanto, tombada no chão e com o mesmo semblante, Pink Valente grunhia à espera de seu merecido salame.

A parte ruim foi que Ana esquecera-se de passar o protetor solar e sua pele ardia vermelha como um camarão. Clara e Luíza estavam rosadas, pois o filtro solar as protegera. Jezebel e Rebecca tinham pele e olhos como jabuticabas e, apesar de nunca terem se queimado fortemente com o sol, sentiam empatia pela dor da amiga Ana, que haveria de ser totalmente coberta por alguma loção hidratante para acalmar seu sofrimento.

Será que desta vez Ana finalmente aprenderia que não passar filtros protetores contra raios solares é uma péssima ideia que, cumulativamente, pode até causar câncer de pele?

6

MÚSICA E INVERNO COM NEVE

O prefeito municipal foi estimulado pelo senhor Alberto, pai de Jezebel, a promover um concurso de música para os alunos das escolas do município e vizinhas, sendo o prêmio para o primeiro lugar uma viagem para Megève no inverno daqueles Alpes franceses, onde os vencedores se hospedariam no chalé do senhor Daniel, irmão de criação do pai da Jezebel, uma belíssima propriedade muito bem situada na montanha, ao lado de uma pista de esqui.

Seriam dois dias de apresentações com um show final para a banda vencedora. As inscrições dos competidores, uma propaganda aqui e ali e os ingressos para o evento serviriam para pagar todos os custos e atrair turistas.

Movimentar a economia e incentivar a cultura é sempre muito bom. O dono do restaurante *Carne e Queijo* estava muito animado e até resolveu comprar mais mesas para seu estabelecimento; no único hotel de Rio Pequeno que pertencia ao senhor Alberto já não tinha mais reservas. Os moradores locais já não tinham cama disponível para emprestar ou alugar para ninguém. Seriam dois dias de apresentações e festas.

Cícero, o irmão mais velho das irmãs Luíza e Clara, é um exímio enxadrista e musicista. Através de seu esforço e influência as irmãs e suas amigas desde cedo imergiram no universo da música, aprendendo a tocar diversos instrumentos.

A data do concurso se aproximava. Já que Cauan mencionara ser um craque na flauta e percussão, a turma decidiu chamá-lo para integrar a banda em retribuição a tudo o que ele já havia feito por elas e oferecer a ele uma oportunidade de ir para a Europa de avião. Um outro continente.

Seria um ganha-ganha para todos os lados. Cauan, que até então estudara somente em sua comunidade, agora também poderia estudar na escola "dos brancos", como era identificada na tribo.

E o rapaz disse:

— Então vocês querem que eu estude em duas escolas como se uma já não bastasse, é isso mesmo?

— Sim — replicou Clara, expirando para inspirar grande quantidade de oxigênio.

— Veja bem — agora era Luíza quem argumentava —, sempre que chegamos da escola nossas mães repassam toda a matéria estudada no dia e ainda corrigem minuciosamente todas as lições de casa, ou seja, vale como se tivéssemos duas escolas.

— Ademais — agora era a vez de Ana argumentar —, você será uma celebridade entre todos os alunos e ainda passaremos muito mais tempo juntos, todos os dias.

— Não sei, não... — replicou o rapaz. — E meu tempo para brincar, caçar e pescar, aproveitar minha floresta e meus animais?

— Por favor! — insistia Jezebel. — Você experimenta até o concurso e, se não for conveniente para você ter duas escolas, escolhe aquela de sua preferência e pronto, que tal?

— E de resto vamos ganhar o concurso, viajar de avião e conhecer a neve! — contribuiu finalmente Rebecca, tentando demonstrar o máximo de confiança possível.

— Bom, agora vocês pegaram pesado! — proclamou o rapaz sorridente. — Avião e neve são mais do que eu precisava para decidir. — E deu uma bela risada.

— Então isto é um sim? — perguntou Clara, ansiosa por uma confirmação.

— Claro que sim! Vocês tinham alguma dúvida? Só estava zoando com vocês. Até parece que vocês não me conhecem! — E o rapaz sorriu enquanto as meninas se abraçavam e pulavam de alegria.

Além disso, elas adorariam tê-lo na mesma escola, não que somar instrumentos à banda seria algo secundário, mas convenhamos que o foco principal daquele momento era vencer o concurso e viajar de avião para a Europa.

Para tornar possível a inserção do índio no meio do ano letivo, a ajuda de grande parte da comunidade foi essencial para se obter a autorização da diretora da escola a pedido do prefeito, que acabou por achar ótimo integrar o rapaz na vida da cidade por meio do colégio, e com isso obteve mais apoio e votos de seus eleitores nas próximas eleições, e todos ficaram muito felizes.

A primeira providência da turma, agora reunida na presença de seu mais novo membro oficialmente integrado, foi trocar o nome do grupo de *Quinteto Musical* para *Banda Aventureira*, acordo decidido por unanimidade da turma.

Todos sabem que o mais importante é participar, todavia a chance de uma viagem à Europa em pleno inverno adicionava na turma uma grande dose de expectativa e nervosismo.

O prêmio de uma viagem a um destino turístico muito conhecido nos Alpes franceses com direito a um acompanhante não saía da cabeça dos habitantes de Rio Pequeno, assim como da maioria dos moradores das cidadelas vizinhas, pois o torneio foi aberto para quem quisesse participar. Quando finalmente abriram-se as inscrições, várias bandas de outras escolas se inscreveram, tornando a competição bastante acirrada. Formaram um total de treze bandas inscritas.

Cícero trabalhava como professor de música em escolas da região para ganhar um dinheiro extra e ainda dava aulas particulares a quem se interessasse. Ele era um músico profissional com muita experiência e sabia tocar vários instrumentos de cordas e percussão.

Cauan não precisava aperfeiçoar sua flauta ou seu batuque, e seu canto era afinado como o dos passarinhos. Além de cantar, as irmãs Luíza e Clara se alternariam na harpa, percussão e violino, enquanto Ana e Jezebel tocariam violões e guitarras; Rebecca tocaria gaita e tipos diferentes de saxofones e clarinetes.

Sob o comando de Cícero, responsável pelos acordes, a turma ensaiava todos os dias após as aulas na escola.

Chegara a hora do primeiro dia de apresentações, que ocorreria na praça central. Junto à beleza natural local e das redondezas havia barracas; parecia uma festa junina, por assim dizer. As pessoas se aglomeravam para ver e participar do evento mais glamoroso do ano, quiçá da década.

Entre os quesitos avaliados, além de arranjo, desempenho, repertório, interpretação vocal, harmonia e acordes, melodia, ritmo e simultaneidade, afinação, originalidade, alegria, figurino, conjunto, empatia com o público, coreografia e presença de palco, seriam consideradas as médias de aproveitamento escolar de todos os competidores. O grupo de nove jurados era composto pelo prefeito de Rio Pequeno, mais dois outros prefeitos das cidades vizinhas, três diretores e três coordenadores de escolas participantes.

Com o reforço de Cauan na flauta e na percussão, com o talento e esforço de todos e a ajuda inestimável do maestro Cícero, a *Banda Aventureira* obteve do público os aplausos mais fortes e venceu o festival de música por um voto de diferença, com direito a medalhas individuais e um grande troféu; além da viagem, é claro.

Só então todo o nervosismo e frio na barriga com a vitória se transformou no êxtase que invadiu a banda, que agora só pensava na aventura da viagem que estava por vir.

O troféu da vitória permaneceria por uma semana na casa de cada integrante da banda para finalmente ficar exposto em lugar de destaque na escola municipal para a posteridade.

Era a primeira vez que eles iriam voar de avião e de cara uma viagem transcontinental.

Cícero estava deveras orgulhoso e recebia cumprimentos calorosos dos pais das meninas, do prefeito, dos moradores de Rio Pequeno, dos adversários e de todos que vieram assistir ao evento.

Os integrantes de todas as bandas inscritas faziam fila para cumprimentar a banda vencedora e a turma reluzia em estado de êxtase e de alegria.

A festa continuou até tarde da noite e certamente a turma foi dormir com apenas quatro palavras à mente:

VIAGEM

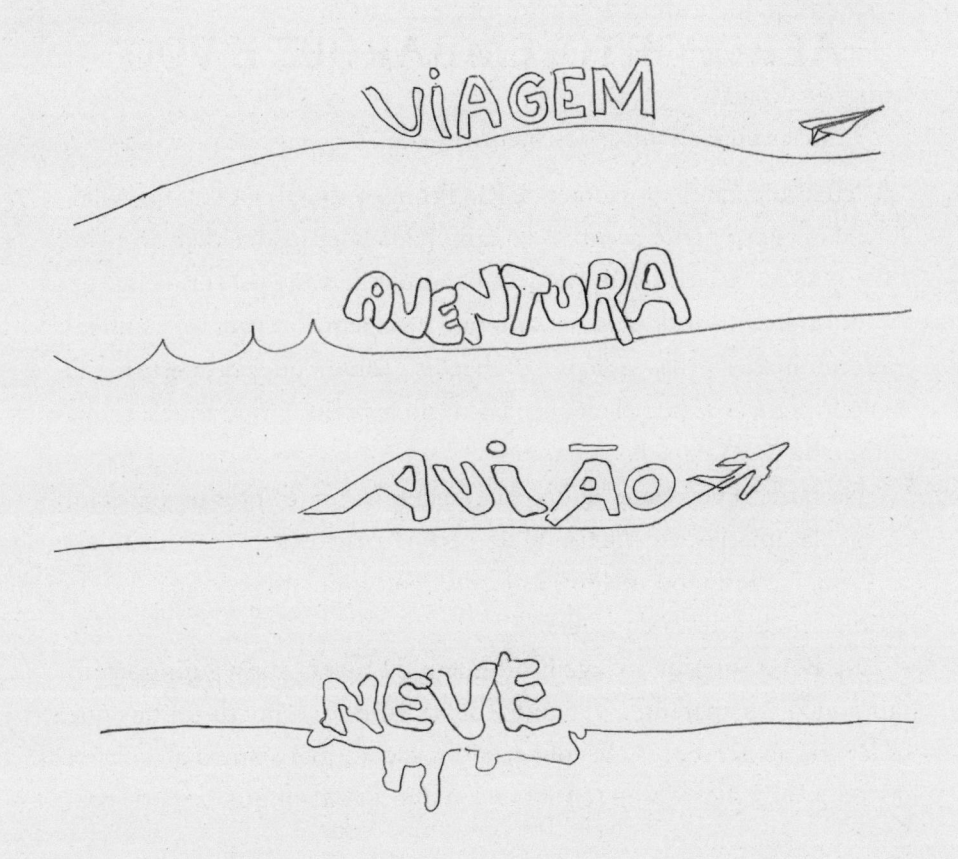

AVENTURA

AVIÃO

NEVE

Aventuras transcontinentais

7

AEROPORTO, EMBARQUE E VOO

A comunidade de moradores de Rio Pequeno contava os dias que faltavam para a maior aventura jamais vivida por qualquer habitante local e a turma estava bastante ansiosa para voar de avião pela primeira vez.

No transcorrer da semana anterior à viagem eles fizeram as malas com ceroulas, gorros, casacos e cachecóis. Cauan, que era acostumado a andar praticamente pelado, achava muito estranho toda aquela roupa comprada pelos pais das meninas.

Na tarde precedente ao dia da viagem, os professores prepararam na escola uma festa-surpresa de despedida para a turma. Já na aldeia de Cauan, a festa, ou melhor, as festas ocorreram em todos os dias da última semana antes da viagem.

Na noite anterior à viagem ninguém da turma conseguiu dormir, tampouco seus parentes. Quando, bem cedinho, o micro-ônibus que os levaria ao aeroporto chegou, repetiu-se com mais afinco a cantoria de todos os bichos, como se soubessem que algo de muita importância estaria por acontecer.

E, por falar nos integrantes de quatro patas da turma, só a gata medrosa branquinha e o jegue companheiro de Princesa não iriam. Apenas fica para trás quem impreterivelmente não pode ou não quer ir.

Foi bem bacana que, apesar do custo financeiro e de todo o insano trabalho para regularizar o extenso rol de documentos necessários, (até carteira de identidade e passaporte eles necessitaram), o cão Samadhi e a gata Morena puderam, muito bem acomodados em maletas especiais, acompanhar a turma na cabine de passageiros. Princesa (a mula), Príncipe (o bode) e Pink Valente (a porca "selvagem") viajariam em um compartimento especial isolado devido a seus tamanhos.

Os "quatro patas" estavam tranquilos, pois inabalável era a confiança de que nada de mau pode acontecer com as meninas por perto. Elas, ansiosas, deixaram o café da manhã praticamente intacto.

O ônibus puxaria um baú para acomodar o bode, a porca e a mula. O motorista fechou a porta e deu dois toques na buzina em adeus ao aglomerado de gente que se amontoou para despedir-se da turma que partia em sua primeira aventura internacional. Durante o interminável trajeto destinado ao aeroporto, as meninas cantavam animadas e Cícero fora lembrado de que, por ser o único adulto a viajar com a turma, seria o responsável por todos.

O aeroporto parecia um grande parquinho de diversões, maior que a cidade onde viviam. Enquanto Cauan rezava em sua língua nativa, pessoas corriam em todas as direções. Famílias inteiras, casais e outros singulares conduziam-se como se estivessem apressados à procura de algo. Muitos sorrindo, um ou outro chorando. Em comum, apenas o estado de humor alterado pelo fuzuê geral e único de quem estava recebendo alguém ou despedindo-se. Uns aliviados por estarem chegando e outros esperançosos por estarem partindo. Alguns exaltados, alguns dormindo, vários demonstrando medo do desconhecido, outros apenas olhavam pelas grandes janelas os enormes aviões estacionados. Crianças para todo lado. Pessoas de todas as raças, credos e etnias usando os mais diversificados tipos de vestimentas. Tudo muito interessante. Um verdadeiro jardim zoológico humano.

Aliás, fazendo pequenos parênteses, alguém já pensou na possibilidade de um jardim zoológico servir para proteger os animais do ser humano? Muito louco, não é mesmo? Chega a ser até assustador.

Mas, ainda que insuficientes, temos algumas localidades protegidas da ação depredatória humana. São reservas naturais, santuários, existe até um *bunker* cheio de sementes na Noruega construído para a hipótese de um apocalipse agrícola decorrente de uma guerra nuclear ou mesmo de trágica mudança climática.

Como poderemos proteger os corais, berçário e habitat de um quarto da vida marinha? Quando iremos nos conscientizar de que os princípios fundamentais da sustentabilidade que rezam sobre a evolução devem embasar-se na simbiose de cada instante, na colaboração, cortesia e na generosidade? Quando compreenderemos que estar contra a natureza é estar contra si próprio? Que cada um de nós tem um papel indispensável?

E quanto ao gravíssimo problema da desertificação de solos férteis que atinge grande parte do planeta? É penoso ver os milhares de quilômetros de deserto, identificados por mapeamentos realizados por tecnologia de GPS, *drones* e até fotos retiradas do espaço, se expandindo a olhos vistos. O cerrado virando deserto.[6]

---

6   O Cerrado é conhecido como savana brasileira e possui uma grande biodiversidade, apresenta vegetação predominantemente rasteira e arbustos com alternância entre uma estação muito chuvosa e outra de seca.

Quão complicado é resolver esse problema através de uma mediata política de regeneração que colateralmente resolveria os problemas causados pelo efeito estufa? Seria muito difícil imaginar o solo fértil e menos gases na atmosfera?

O solo desgastado pode ser regenerado! Basta os agricultores diversificarem o plantio e reconhecerem que, em primeiro lugar, o mais importante de tudo é um solo rico em nutrientes. Micro-organismos, biodiversidade, muitas raízes, vegetação permanente, árvores, animais, o máximo de micróbios e bactérias é fundamental para se manter em equilíbrio e estabilidade. A palavra-chave é diversidade total e contínua em todo e qualquer ambiente de plantio.

Que qualidade de alimentos gera o solo desgastado e infectado por pesticidas?

Não poderíamos/deveríamos apenas consumir alimentos orgânicos?

Somos feitos da poeira das estrelas, de micro-organismos, micróbios e bactérias. Somos formados por bilhões, se não trilhões de seres diferentes vivendo em simbiose. Ao eliminarmos o ecossistema biológico do solo através de pesticidas, caminhamos mais rapidamente para o sepulcro.

O capital principal do solo são seus nutrientes. Não é desperdício reforçar a incontestável realidade que um solo fértil captura CO_2 (dióxido de carbono), principal gás responsável pelo aquecimento global. Para piorar, o solo degradado libera esse carbono na atmosfera, o que agrava o problema, e impede a existência da abundante vegetação que realiza a fotossíntese. É perda em dobro! Então todos nós ganhamos preservando a vida do solo, pois dependemos de nosso planeta.

Quanto aos agricultores em particular, é evidente que proteger o solo e diversificar as plantações preserva "o ventre", a matriz geradora, a base para se alcançar benefícios permanentes.

Ademais, pontua-se a máxima de que se ter "todos os ovos na mesma cesta" é sempre perigoso, então diversidade e prudência abarcam estabilidade e responsabilidade.

Precisamos urgentemente cuidar do solo e acabar com o desmatamento, pois a vida é muito mais frágil do que se imagina. Uma única árvore é um ser tão magnífico, imaginem o desastre que se perpetua na Amazônia?

O governo brasileiro por vezes justifica o desmatamento atacando outros continentes que praticamente já acabaram com suas florestas, então pergunto: um erro justifica outro? Não se pode amadurecer? Não se pode parar para escutar o coração que bate dentro de cada árvore?

É fácil identificar o excesso de gás carbônico como o maior responsável pelo superaquecimento e acidificação dos oceanos, ar e rios, causando o efeito estufa. Isso é aceito como fato por mais de noventa e cinco por cento da comunidade científica.

Uma das formas de verificarmos o acúmulo de gás carbônico na atmosfera é perfurar as geleiras, pois quanto mais profundo, mais antigo é o ar preso no gelo. Fazendo um paralelo com os anéis que marcam a idade das árvores, pode-se identificar drásticas mudanças nas diversas amostras de gelo retiradas de várias profundidades, e, desde a revolução industrial (século 18), um rápido acúmulo crescente e desproporcional de CO_2 foi constatado.

E como as geleiras, que refletem os raios solares, estão derretendo, estamos ficando sem gelo, e algumas partes da Terra vão liberar um solo outrora coberto por milhões de anos e suas incontáveis surpresas, como vírus e bactérias, não necessariamente salutares. Estamos dando chance para eventuais infortúnios adicionais e aumentando exponencialmente a incapacidade de refletir os raios solares, o que causará um aquecimento também exponencial e até irreversível. Desculpem-me pela repetição de palavras.

Podemos ainda ser atingidos por ventos solares de magnitude superior à capacidade de proteção dos campos magnéticos do planeta; sofrer o impacto de um enorme meteoro; gigantes explosões vulcânicas; e suportar os danos colaterais remanescentes da colisão entre duas grandes estrelas (explosão supernova), como o sistema binário Eta Carinae, por exemplo. Mas deixemos tudo isso aos cuidados de Deus, que não deve estar nada contente com a destruição que os humanos causam na sua criação, pois, por mais que o infinito abarque inúmeras possibilidades, quantos planetas são tão fantásticos e abundantes em vida quanto o nosso? Com todos os olhos científicos e tecnológicos existentes, ainda não conseguimos enxergar ou mesmo vislumbrar um planeta igual ao nosso.

Estamos perdendo "de braçada" na guerra contra a autodestruição. O fato de existirem outras ameaças fora do nosso alcance não justifica a inércia humana que pode e deve ser corrigida.

Cauan rompeu seu temeroso silêncio e perguntou para o além:

— Como estes aviões tão grandes e terrivelmente pesados podem voar velozes atrás das nuvens, ir ao longe e ainda pousarem intactos?

O pai Edu viu o olhar fixo do imóvel rapaz e interveio para retirá--lo do que parecia um leve estado cataléptico, que, também conhecido como catatonia, é uma condição na qual os músculos do corpo ficam paralisados e rígidos.

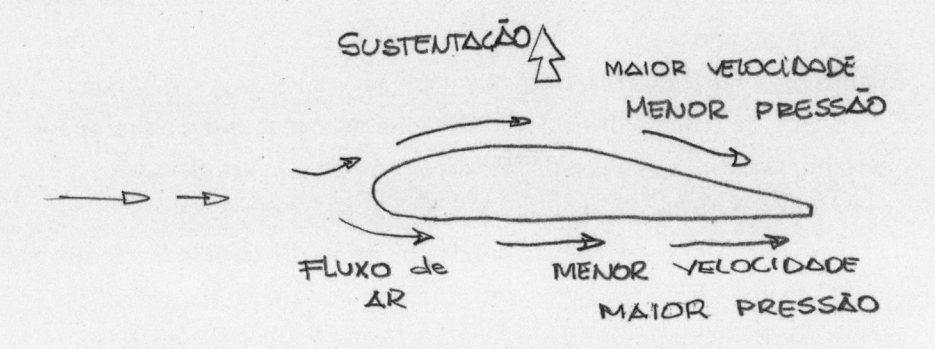

— Estatisticamente, voar é o meio de transporte mais seguro que existe. Esses grandes "bichos" aí do outro lado da janela foram feitos para voar devido às leis da física e da engenharia. Os formatos principalmente de suas asas têm "uma barriguinha" na parte de cima que força o ar a passar por ali mais rapidamente do que o ar que passa na parte de baixo, que é praticamente reta. Por causa dessa superfície superior mais longa do que a inferior, que é reta, à medida que o avião ganha velocidade, a pressão atmosférica na parte de cima diminui em relação a pressão atmosférica de baixo e isso empurra a aeronave para cima. Com menos pressão na parte de cima, o avião voa. Isso tudo ocorre porque o ar que passa pela parte superior tem que "viajar" múltiplas vezes mais rápido do que aquele que passa pela parte inferior da asa, do que a medida da velocidade e do avião. Todavia é óbvio que são as turbinas que fazem o esforço de ganhar velocidade e altitude. Depois fica tudo mais sossegado, simples assim. — E deu um tapinha no ombro do rapaz, que continuava com o olhar fixo, então decidiu mudar o assunto: — Que máximo você ir ver a neve, não é mesmo? Estar imerso no branco é uma terapia que nos despolui a vista e a mente. As paisagens nos Alpes são magníficas e o ar da montanha é incomparável. Vai dar tudo certo. Você vai ver. Vocês vão amar!

Pelos alto-falantes do aeroporto ouvia-se o chamado para o embarque no portão 3. Pelas mesmas grandes janelas que davam para as pistas de pouso e decolagem, eles identificaram o avião que os levaria. O tamanho de suas enormes turbinas acelerou os batimentos cardíacos dos viajantes. Eles estavam apreensivos, esfuziantes e curiosos para experimentar como aquilo tudo sairia do chão com eles dentro.

E chegara o momento em que eles tiveram que ir para onde só poderiam entrar os viajantes, depois da checagem dos comprovantes de passagem e passaportes, quando se deu a despedida final.

Seus respectivos pais e ainda alguns amigos os abraçaram com muitos beijos e recomendações e ali ficariam até se certificarem de que o avião partira com todos a bordo, inclusive os bichos de estimação, o que parecia inacreditável.

Para todos tudo parecia um sonho.

O nervosismo ainda se dava pelo fato de que a turma iria para muito longe, muito alto e muito rápido dentro de uma daquelas máquinas que incansavelmente pousavam e decolavam.

Era verão no Brasil e a turma embarcara numa aventura para onde os boletins meteorológicos confirmavam muita neve e um frio de congelar os ossos.

Passada a checagem final dos passageiros no portão de embarque, eles se deram conta de que estavam caminhando dentro de um túnel suspenso e móvel que serve de passarela para passageiros, pessoal da manutenção, tripulantes e quem tiver que entrar na cabine do avião. Estas passarelas sobre a pista até os aviões estacionados faziam curvas onde suas paredes pareciam sanfonas. Uma mistura de barulhos e odores com uma pitada de combustível queimado fazia parte do pacote dos "túneis de horrores", onde a qualquer momento poderia surgir algo mais assustador.

Cauan, com o olhar fixo diante da porta de entrada do avião, embarcou deslumbrado. Jamais imaginara que algum dia viajaria em "um bicho grande daqueles", como ele fala apontando para qualquer avião que vê sobrevoando a floresta. Na entrada, duas aeromoças sorridentes em seus bonitos uniformes indicavam onde estavam os respectivos assentos de quem entrava no avião.

Dentro da aeronave, muita balbúrdia para decidir onde seriam acomodados os livros, sacolas, valises menores, mochilas e bagagens de mão; mesmo o avião oferecendo compartimentos diversos para tanto. As bagagens maiores, aquelas despachadas, iriam separadas na parte inferior da aeronave. Tudo muito legal de vivenciar e testemunhar. Igual a uma boa embarcação naval, um bom avião pode vir a ser uma "chave de ouro" para uma nova realidade. Um portal para uma nova realidade.

A turma tinha reservado seus assentos o mais próximo possível das asas do avião, pois Cauan dissera que assim ficava mais fácil para se segurar a elas, caso ocorresse algum problema... vai entender, melhor não contrariar.

Eles se acomodaram em quatro fileiras da classe executiva, desta forma tinha espaço suficiente para todos. Eles decidiram revezar a poltrona da janela, mas Cícero preferiu o assento junto ao corredor.

A primeira viagem de avião acontecia na classe executiva, pois o pai de Rebecca ofereceu para todos a diferença de preços entre as passagens, justificando que para ele era uma bobagem, e acrescentou:

— Na classe executiva, os assentos são de ótimo tamanho mesmo para adultos grandes e pesados, ou seja, vocês vão voar como os príncipes e princesas que são.

Então o senhor Alberto, pai de Jezebel, completara quando elas haviam ganhado o prêmio:

— Vocês vão viajar como se estivessem na primeira classe devido ao tamanho de vocês. — E finalmente, rindo alto, disse: — Dá menos medo viajar na classe executiva que na classe turística, apesar de todos estarem na mesma aeronave.

— É uma ilusão? — perguntou Jezebel

— O conforto ludibria a sensação de perigo — concluiu Rebecca.

— Desfrutar de conforto é sempre muito bom — finalizou Cícero.

E todos ficaram muito gratos pelo gesto por ser notória a diferença de preços entre as classes econômica e executiva.

Todos estavam a pesquisar os dispositivos e botões ao redor de seus assentos, até que:

— Atenção, passageiros — romperam os alto-falantes do avião com informações sobre o clima, trajetória, tempo de voo, até vir a primeira ordem: — Apertem os cintos, preparar para decolar.

E os corações dispararam ao som das turbinas a rugir um grave crescente, intenso e bastante particular. Agora não tinha volta. Dali para a frente não tinha mais como amarelar.

O avião iria arrancar em segundos.

Cauan, o assustado, disse a todos:

— Relaxem, quando não está mais em nossas mãos só nos resta curtir a viagem — tentando dissimular seu próprio nervosismo com argumentos pertinentes.

Da cabine de comando, o piloto soltou os freios do avião e "o bicho" largou em disparada com o ronco máximo de suas quatro turbinas ao topo de seus "pulmões" para tirar do chão umas seiscentas toneladas.

Muito bom é saber que, mesmo em aceleração total, as turbinas ainda reservam potência extra, pois toda boa máquina deve ter ao menos uns trinta por cento de resistência/potência e durabilidade extras. É a famosa margem de segurança.

No momento em que as rodas deixaram o solo, teve-se a impressão de que uma sucção externa puxava o avião para cima. Quando o avião ganha altitude e sustentação, as turbinas passam a trabalhar com o mínimo esforço possível e tudo se estabiliza.

— Esses aviões até podem voar com apenas um motor em cada asa, ou mesmo com apenas um motor — disse Cícero para tranquilizar a todos. Porém, neste exato momento, eles estavam em trajetória ascendente, com o nariz do avião apontado para cima rumo a um pequeno buraco no céu com todos os motores a pleno vapor. O céu estava praticamente fechado.

Pelas pequenas janelas ovais ouvia-se e via-se que o poderoso Thor, grande Deus da natureza na mitologia nórdica, parecia bastante mal-humorado, pois suas marteladas acendiam enormes raios a iluminar o céu.

Então Cícero mais uma vez acalmou a turma:

— Não se preocupem que este avião é preparado para dissipar o calor e a descarga elétrica gerada se for atingido por um raio. Todos os sistemas são blindados contra raios, cuja incidência média é de uma ocorrência por ano por avião, ou seja, milhares de aviões, zero problema. Estudei tudo isto antes de vir.

A habilidade do piloto foi comprovada quando ele impôs à aeronave uma curva fechada ascendente rumo ao único pequeno buraco entre negras nuvens, inclinando muitos graus para a esquerda e jogando o peso da aeronave sobre a asa inclinada para baixo. Para compensar a falta de sustentação deflagrada por tamanha inclinação, ele acelerou ao máximo todas as turbinas. Desse modo, ele aproveitou a curta janela de oportunidade existente, atravessando-a com sucesso. Foi muito intenso. Lágrimas de emoção desciam pela face do índio. Após esse episódio, o piloto nivelou com o horizonte as duas asas e deu-se início a um tranquilo voo sobre milhares de raios que transformavam a vista abaixo em um gigante tapete luminoso.

— Schkabroum! — proclamou Cauan.

— Show de bola! — acompanhou Cícero.

— YuuuuuuuuuuuuHuuuuuuuuuuuu — foi a vez das meninas, batendo palmas.

E, antes mesmo de permitido o destrave dos cintos de segurança, todos já se amontoaram às janelas para admirar o horizonte e o reflexo do sol na lua a cortar o mar das pretas nuvens que se acendiam ininterruptamente.

— Acho que o poderoso Thor resolveu presentear-nos com um espetáculo grandioso logo abaixo — disse Cícero.

Ao longe e a prostrar-se acima do horizonte, um céu de incontáveis estrelas coroava a lua sorridente. O infinito era um azul-meia-noite com incontáveis pontinhos brilhantes, sendo que uns quinze deles cortaram o cenário e todos fizeram seus pedidos secretos em silêncio.

Até a hora do jantar daria para assistir a qualquer um dos mais de noventa filmes disponíveis, e, imediatamente após, chegariam os banquetes individualizados ao gosto de cada passageiro.

As opções de entretenimento via mídia eletrônica/digital eram tantas que, enquanto alguns de pronto escolheram o que assistir, outros ficaram mudando os canais.

E apareceu uma gentil aeromoça oferecendo para cada passageiro seu sorriso e uma pequena bolsa com um kit de higiene bucal (fio dental, pasta e escova para os dentes, além de fluido para enxaguar a boca); e ainda fones de ouvidos de excelente qualidade para músicas ou filmes disponíveis nas telas individuais à frente de cada poltrona, um par de meias descartáveis de tamanho único/universal, uma máscara para dormir, um travesseiro e um cobertor.

Minutos depois, ela voltou acompanhada de um colega com uma bandeja de sucos e um cardápio completo com múltiplas escolhas para aperitivos, bebidas, entrada, duas opções de prato principal e sobremesa.

Pouco mais tarde, ela regressou puxando um móvel sobre quatro rodas e muitos compartimentos, com todas as opções de refeições do cardápio, mais uma variedade de bebidas, sucos e refrigerantes, perguntando quem queria o quê.

Cícero até brincou que desse jeito ele não sairia mais do avião, e Cauan concordou com um "tamo junto".

A sorridente aeromoça começou a servir a todos, respeitando cada preferência.

— Mordomia é muito bom, não tenham a menor dúvida disto — disse Jezebel.

— Eu adoro luxo — emendou Cícero.

— Quem não gosta de luxo? — retrucou o índio. — Viver na floresta é um luxo, mas não se tem qualquer mordomia.

Certamente existem diferentes aspectos relacionados ao luxo, mas o resto da turma anuiu com a cabeça ou com alguns "ahãs", pois cada um estava atento à variedade de quitutes e coisas de sua bandeja.

Após o suntuoso jantar, ainda passou o carrinho mais uma vez para recolher as bandejas e oferecer café ou chá, pois o único com idade para qualquer bebida alcoólica era Cícero.

A classe executiva oferecia mordomia extra a seus integrantes. E todos assistiram a mais um filme antes de adormecerem, sendo Ana e Cícero os mais presos aos entretenimentos do avião, pois, como se não quisessem perder nada, assistiram a mais um filme após o primeiro.

Por vezes, até o sono vencer, todos verificavam a tela individual, onde ao fundo estava uma representação do globo terrestre e sobre ele exatamente onde se encontrava o avião, informando a sua velocidade, altitude, distância e quanto tempo restava para o pouso.

Não dava para saber se eles queriam chegar logo ou se prefeririam que a viagem demorasse o máximo possível. Certamente ambas as alternativas eram muito bem-vindas.

E a maioria deles dormiu intensamente, até quando as luzes da cabine foram se acendendo aos poucos sem chegar à máxima luminosidade, para avisar que o sol nascia pela janela de uma forma única, pois era a primeira vez que se podia vê-lo de tão alto. Outra exclusividade a ser apreciada pelos viajantes.

E alguns preferiam continuar a dormir, quando num piscar de olhos todos foram acordados pelos alto-falantes avisando que em breve seria servido o café da manhã com direito a frutas e croissants, geleias e queijos diversos com aromas para todos os narizes, além de chocolates de vários tipos.

Voltaram os carrinhos com as aeromoças. Posteriormente outros carrinhos iriam passar com produtos à venda, tipo perfumaria, relógios etc.

Uns mergulhavam seus croissants no chocolate quente, o que incrementava ainda mais os pães já recheados com chocolate, sem jamais ignorarem os queijos com geleias, enfim, outro banquete.

E voltaram novamente os carrinhos com as aeromoças para recolher as bandejas e perguntar se alguém gostaria de algo mais.

Muito satisfeitos, eles se revezavam para ficar junto das janelas e para acariciar Morena e Samadhi, que ficavam olhando para todo canto. Inclusive para a vista do lado de fora do avião. Esses dois tinham tomado um remédio calmante e tinham dormido o voo todo.

Até que irrompeu o aviso de que em vinte minutos o avião chegaria a seu destino.

E eles se direcionaram às toaletes, uns chamados pela natureza, outros apenas para escovarem seus dentes. Olhando por uma fresta na cortina divisória, Luíza pôde ver que na classe econômica havia filas de pessoas que se agrupavam esperando a vez de ir ao banheiro, pois ali havia um maior número de pessoas por toalete, então valorizou novamente o fato de estarem na classe executiva.

Na tela dos televisores individuais, aparecia o traçado do avião já sobre o continente europeu e as janelas clarearam automaticamente para que os passageiros pudessem ver a paisagem de uma bela cidade cercada por gigantescas montanhas, todas cobertas pelo branco da neve.

Do lado de fora outras aeronaves faziam seu próprio traçado no céu como se deixando um risco de giz no quadro da atmosfera.

Queixos caídos.

Olhos esbugalhados.

Eles em breve estariam pousando na Suíça!

A realidade dos fatos superou de longe quaisquer expectativas.

(INVERNO)

LIVRO III

8

O DESEMBARQUE E A CHEGADA AOS CHALÉS

O piloto efetuou o pouso com sutileza, taxiou e parou a aeronave onde eles desembarcaram para entrar em um ônibus que os levou para o terminal dentro do aeroporto. Dali eles passaram pela alfândega sem quaisquer complicações e foram às esteiras rolantes retirar as suas bagagens para colocá-las nos carrinhos de mão à disposição.

Como não tinham nada a declarar, Cícero, triunfante no comando da turma, ficou responsável por distribuir e recolher todos os passaportes, sendo que cada um levava consigo uma cópia autenticada.

Apareceu um representante do consulado suíço, que os aguardava com a incumbência de ajudá-los na liberação dos bichos, e vindo de um portão especial em outra ala do desembargue apareceram Pink, Príncipe e Princesa ainda em suas respectivas jaulas de tamanho apropriado. Para cada animal uma extensa documentação probatória quanto às suas respectivas origens, condições de saúde e vacinas. O pai de Jezebel havia providenciado tudo para que não houvesse quaisquer problemas e todos tivessem o melhor conforto possível. Aqueles que por ali se encontravam paravam para testemunhar o que parecia um conto em um aeroporto enquanto as meninas e o rapaz conversavam com seus amigos "de quatro patas" de estimação, aproveitando para acariciá-los ao máximo por entre as frestas. Os bichos demonstrando afeto da forma que lhes era comum, uns decibéis[7] mais altos.

Onze horas de voo, o relógio local apontava para as dez horas da manhã quando eles se dirigiram à porta automática entre o saguão de

---

[7] Decibéis são unidades de medida da intensidade do som.

desembarque e a área comum do aeroporto. O aeroporto parecia um pequeno shopping, mas eles estavam ansiosos para sair e tocar a neve com as próprias mãos. Nas laterais havia esteiras rolantes para transeuntes como se fossem tapetes rolantes de metal, mas sem perder tempo eles foram identificados pelos irmãos que os iriam receber, pois lá estavam David, Daril e Damian animados com toda aquela agitação. Eram os filhos do senhor Daniel, incumbidos de proporcionar aos viajantes as melhores férias possíveis.

Outros anfitriões de outros viajantes tinham uma placa com o nome de quem estaria chegando, todavia era fácil identificar uma turma de sete, com cinco garotas, um rapaz e um adulto, e ainda acompanhados por uma porca, um bode, uma mula, uma gata e um cachorro. Os três irmãos anfitriões sorriam amistosamente e, após calorosas boas-vindas, logo se prontificaram a ajudar com as bagagens.

Finalmente saíram animados do aeroporto para uma nevasca de grandes flocos de neve que pousavam em suas faces para transformarem-se em água devido ao calor da pele humana recém-saída de um ambiente quente, numa natural liquefação inédita aos aventureiros.

Não sei se é apropriado se fazer este paralelo, não sei se pode se equiparar à metamorfose que a lagarta faz para se tornar uma borboleta, mas certamente aconteceu alguma transformação na existência de cada um daqueles viajantes, que até então nem sonhavam vivenciar flocos de neve transformando-se em suas faces, pois o cérebro "expandido" reluta a voltar a padrões anteriores, ou seja, não se pode nem se deve esquecer a vivência de um milagre da natureza como aquele.

Os raios solares atravessavam a visão das testemunhas até onde se podia enxergar causando um efeito inédito sobre o fundo branco. A magia começava e era magnânima. Que rico poder vivenciar tudo isto!

Então eles andaram um pouco até onde os aguardavam três grandes veículos com tração nas quatro rodas, sendo que um deles era uma caminhoneta para levar a jumenta Princesa, o bodinho Príncipe e a Porca Pink Valente.

Já no percurso, após uns vinte e cinco minutos, eles atravessaram a fronteira que separa a Suíça da França rumo aos Alpes de Megève, o que levaria aproximadamente uma hora e meia devido à forte nevasca, a depender das condições das estradas. A estrada provia um desfrute de mais e mais paisagens inéditas. Por uma saída à esquerda, a rodovia se estreitou e agora atravessavam bifurcações entre chácaras e charmosos vilarejos cobertos pelo branco da neve. Uma família de lebres atravessou a rua, acompanhando um cervo pouco mais à frente. Crianças brincavam nos parquinhos espalhados por todos os lados. Um cachorro peludo rompia latidos para ir brincar com as crianças e outros cães acompanhavam casais de pedestres que se cumprimentavam com suas cabeças cobertas por boinas e gorros.

Não se falava nada pois estavam hipnotizados pela vista, até verem uma plaquinha apontando para várias cidadelas, entre elas Megève. Cada um dos irmãos avisou para seus passageiros que à frente começariam a subir a montanha.

Descobriu-se que, além de solícitos e simpáticos, todos os três anfitriões eram igualmente articulados e versados em vários idiomas, assim em todos os carros ouvia-se além do português brasileiro uma mistura de francês, inglês e espanhol.

A placa de agora indicava: *Mont d'Arbois*, o nome de uma montanha.

— Esta montanha é muito linda e silenciosa — Damian informava no melhor de seu inglês.

A ladeira na subida era íngreme e estreita, predominantemente de trechos onde carros em sentido contrário devem tomar muito cuidado para não perder o freio e a tração. Subir é menos perigoso. Manter a tração é fundamental para o carro não deslizar, motivo de muitos acidentes. Alguns pneus portam armaduras feitas de correntes, pois, ao afundarem por onde passam, essas correntes agarram o solo, ajudando muito os veículos a não escorregar. Sob certas condições, mesmo com a tecnologia que desenvolveu especiais sistemas automatizados de controle de torque e frenagem para veículos tracionados pelas quatro rodas, as correntes são necessárias. Afinal, quando se trata de segurança, é sempre melhor pecar pelo excesso do que pela falta, lembrando de que o mais das vezes o objetivo final é chegar ao local predestinado. Um veículo com tração em um só eixo, além de poder causar danos a si e a terceiros com muito mais facilidade, tem muito menos chance de chegar aonde se quer quando se pensa em montanhas. Por vezes restam consideráveis quantidades de gelo sobre a pista, então o perigo aumenta ainda mais. Mesmo em carros da melhor e mais atual tecnologia, além de condutores experientes, cada entrada de curva era motivo de tensão para a turma nada acostumada com aquilo tudo e o percurso tornava-se cada vez mais clivoso/íngreme a cada centímetro. Ainda que subindo, perder o embalo, mesmo em um veículo com tração 4X4, pode calhar em uma situação traiçoeira, e à frente avistou-se um veículo de pequeno porte com parte de sua dianteira afundada em um muro de neve. Sem qualquer momento de incerteza, o carro da frente ligou seu alerta luminoso intermitente e os carros seguintes o acompanharam encostando ao máximo na lateral da estrada, melhor conduta para a situação do momento. Em vários casos é preciso ir bastante adiante para escolher o melhor local para estacionar antes de oferecer ajuda. Parar em lugar errado, perto de uma curva ou de uma ribanceira sem barreiras de proteção, na maioria das vezes não é recomendado. Imediatamente os irmãos desceram e, demonstrando força, retiraram o veículo em pane de dentro do muro de neve. Daí eles se despediram dos ocupantes do carro acudido com um "boa sorte e até breve", obviamente em francês, e voltaram rapidamente para seus veículos.

O motorista do veículo acidentado baixou sua janela e gritou um alto "muito obrigado" ao passar pelo grupo.

Damian desculpou-se por ter saído do carro apressado e sem falar nada para ninguém, explicando que, quanto mais depressa eles liberassem o caminho, menor o perigo de mais acidentes, por isso eles agiram naquela rapidez.

— Acidentes que acontecem em decorrência de outro acidente é o que mais se vê por aqui. Um carro parado no meio de uma pista estreita com gelo e neve é a receita perfeita para demais abalroamentos[8] — disse Damian.

Prontamente os três carros onde a turma aventureira se dividia puseram-se a subir a montanha novamente e viam-se pequenos pontinhos de cores variadas que nada mais eram do que esquiadores em longínquas pistas. Esses pontinhos transitavam entre pequenos castelos ou mesmo mansões que serviam de hotéis, pousadas e restaurantes. Alguns desses imóveis se espalhavam de forma mais rarefeita nas maiores elevações das montanhas, servindo de abrigo, cafés, restaurantes e chamados da natureza para ambos os sexos. Suas construções usavam madeira na parte externa, mais eficiente isolante térmico, na maioria das vezes. Tudo por ali costuma ser mais caro por conta do difícil acesso, da pouca concorrência e dos horários de abertura e fechamento das pistas que impunham restrições tantos aos esquiadores como aos comerciantes.

Também se considera a menor demanda em outras estações carentes dos milhares de esportistas de inverno, assim como toda a infraestrutura de *ski lifts*, para levar o pessoal montanha acima.

---

8   Abalroamento é uma batida/colisão que ocorre entre um veículo em movimento e um objeto.

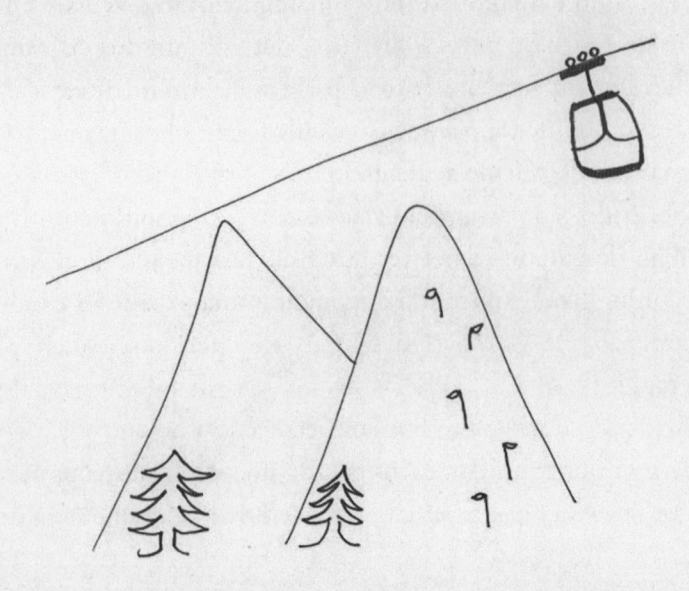

Da mesma forma são atingidas pela sazonalidade as lojas e o pessoal especializado, a manutenção, enfim, vários estabelecimentos, o que explica por que os custos todos são rateados de modo que sobrecarregam a estação de inverno.

Concluindo, cada local tem suas próprias peculiaridades, principalmente na indústria do turismo. Muitos locais praianos só funcionam "a todo vapor" no verão, e assim por diante.

Certas economias se abastecem no período de grande demanda para sobreviverem às baixas temporadas, a exemplo das safras e das entressafras. Mais ou menos como os ursos que comem bastante para hibernarem tranquilamente.

Voltando às montanhas, para aqueles que podem se dar ao conforto de aproveitar os estabelecimentos junto às pistas de esportes de inverno, nas grandes altitudes, além da vista que sempre vale muito a pena, parar para um café não apenas é sempre muito possível, como recomendável.

Mas eles ainda estavam a caminho e foram avisados de que, após trinta minutos de caminhada, avistariam o chalé. Eles lamentavam o fim daquela linda viagem de carro, ao mesmo tempo que sentiam alívio, pois estavam ansiosos por chegar. Esses sentimentos se sobrepunham continuamente num interessante caldeirão de emoções a ser apreciado. O íngreme percurso cheio de curvas fechadas oferecia paisagens deslumbrantes de montanhas e vales, além do vislumbre de vários animais selvagens. Ao mesmo tempo que eles queriam chegar, queriam que o translado fosse mais longo.

Repentinamente, apareceu um celeiro ou estábulo com o telhado em "V" de ponta-cabeça para diminuir o acúmulo de neve e evitar desabamentos.

David anunciou:

— Chegamos! É ali. Agora basta esta última subidinha já dentro da propriedade.

Nesta pequena e muito íngreme subida o asfalto era aparente, e depois veio à tona que ali abaixo tinha um sistema de calefação para derreter e eliminar a possibilidade de neve ou gelo naquele pedaço.

Antes de estacionarem, eles repararam que, devido ao desnível no terreno, uma lateral do chalé sustentava uma grande vidraça separando a neve e o frio exterior de uma piscina interna, e eles logo se animaram.

A construção obviamente aproveitava o declive e, apesar da aparência rústica das fachadas externas, o interior do chalé era muitíssimo confortável. O evidente frio externo indicando pouca capacidade de sobrevivência a qualquer ser humano por muito tempo exposto reforçava o caráter extremamente acolhedor do chalé, que era muito bem decorado.

Ao saírem do carro, Rebecca escorregou, puxando Ana para finalmente ambas afundarem na neve fofa que caía desde a noite anterior, fazendo "o solo" se juntar às extremidades do telhado.

Um caminho feito com batentes de madeira, que originalmente eram usados na sustentação de trilhos de trens, com laterais e luzes *led* nas extremidades, conduzia os convidados pela entrada da frente até uma linda porta de madeira iluminada por duas luminárias.

Os chalés por ali são construídos com madeira e várias camadas de revestimentos isolantes para impedir que seus habitantes passem frio, principalmente devido à alta altitude que retira o calor do ar, e pelos ventos. Portanto, quanto maior a altitude, mais frio.

— Estamos a uns mil e oitocentos metros de altitude, e, quanto mais se perde calor, menor é a pressão atmosférica, de modo que estaremos juntos para encarar muito frio — disse Daril antes de rir em alto volume.

Hulk, o cão do chalé, apareceu aos pulos e latidos dando boas-vindas aos visitantes. Os bichos se cumprimentaram alegremente. Samadhi pulava ao seu redor e Hulk tentava acompanhá-lo sem grande sucesso devido a seu grande tamanho, mas a brincadeira contribuiu para o imediato respeito e amizade no primeiro encontro deles, e isso era muito bom devido ao "poder de fogo" de ambos.

Delicados flocos de neve em formato de estrelas planavam e os bichos copiavam as meninas que tentavam capturá-los no ar. Quando os bichos visitantes descobriram que a neve se transforma em água com o calor, foi uma alegria. Isso tudo era sonho ou realidade? Aproveitando o embalo, Luíza saltou de costas, afundando ao lado das amigas, e Clara começou uma guerra de bolas de neve. Todos se divertiram até ficarem gelados e ansiosos por adentrar o chalé e tomar um banho quente.

O chalé tinha quatro suítes em três andares, uma mais bonita do que a outra, todas com grandes vidraças basculantes que davam para incríveis paisagens pertencentes à propriedade e além. Três salas de estar de tamanhos variados, uma com uma grande televisão. Três consideráveis varandas, uma privativa da suíte principal. Uma enorme copa-cozinha aberta para o interior do chalé. O imóvel tinha três portas de acesso, uma na entrada da frente e outras duas na parte de trás, sendo que, destas, uma fica na cozinha e a outra na sala de vestimentas e equipamentos para esportes ao ar livre, como esquiar ou fazer *snowboarding*, o que nada mais é que um tipo de skate ou surfe em uma prancha sobre a neve.

Todos os acessos contêm um hall para deixar casacos, chapéus, luvas, sapatos e botas. Junto à área de serviços no subsolo, uma sauna seca ao lado de uma piscina aquecida que na verdade comportava-se como uma enorme banheira de hidromassagem, pois, em um apertar de botões, correntezas apareciam e borbulhavam por todos os lados nos modos fraco, médio e forte.

A suíte principal é permanentemente reservada ao senhor Daniel, dono de tudo e pai dos irmãos anfitriões. Dentre as três suítes restantes, uma tinha duas camas para casais, outra tinha três camas de viúva e a última tinha três beliches. Tudo acertado, os rapazes se instalariam nos beliches e as meninas nas duas outras suítes.

Como o pai de Jezebel conhecia muito bem o local e o clima da região, para o conforto dos animais foram providenciadas roupas sob medida a todos, com direito a meias especiais que serviam como sapatos.

O imóvel era cercado por uma floresta com majestosos pinheiros e muitas trilhas para várias direções da montanha, sendo que a pista de esqui estava logo ali, ao lado; motivo principal para ter sido meticulosamente escolhido pelo senhor Daniel.

Na parte de trás, também com a mesma aparência do chalé principal havia dois outros estabelecimentos rústicos por fora e chiques por dentro. Um deles servia de armazém para diversos brinquedos e o outro para os bichos da propriedade.

Com o passar da hora, a turma aproveitou para fazer o reconhecimento geral das habitações e desfazer as malas, até que todos foram chamados à mesa principal, que era cercada por troféus e bustos de animais caçados nas redondezas. O cachorro e o javali protestaram bastante antes de ambos se sentirem menos desconfortáveis com a presença dos bichos empalhados.

Era hora do almoço e todos comeram grandes bifes de búfalo com molho mostarda e batatas fritas que o carismático Damian preparara. Estava delicioso.

Tudo era diferente e inesperado, mas, antes de a turma passar o resto do dia terminando de arrumar seus pertences nos armários e admirando a vista de fora através das grandes janelas espalhadas por todos os cantos do chalé, eles foram ver como o restante de seus amigos "quatro patas" haviam sido acomodados por David.

Ao chegarem ao chalé dos bichos, se deram conta de que, devido à construção peculiar, o chalé era enorme e de pronto os bichos viajantes começaram a se divertir com os novos amigos que ali estavam.

Os animais já estavam muito bem alimentados, e as meninas, com Cauan, Cícero e Samadhi, aproveitaram para fazer amizade com a vaca Mimosa de pelos longos, com um galo e com uma galinha cercada de seus pintinhos. Para coroar tudo por ali, apareceu uma enorme família de esquilos e outra de lebres. Todos os bichos estavam se dando muito bem, o que foi um alívio. Os bichos corriam, brincavam de esconde-esconde, subiam nas costas da vaca, era um festival de agitação em comemoração aos novos companheiros.

Então eles saíram para fazer outra guerra de bolas de neve e terminaram por "dar vida" a um grande boneco que parecia com o Olaf do filme *Frozen*. Todo aquele branco era mágico e não assustava pelo frio que entregava, pois eles estavam até suando com todas as atividades. Flocos de neve atingidos pelos últimos raios do sol do dia cintilavam flutuando como se fora um passe de mágica orquestrado não por todas as bruxas de todos os hemisférios, mas por Deus.

Dentro do chalé principal, além de lareiras, existe um termostato que regula o aquecimento dos pisos. Andar descalço é uma delícia. A temperatura do galpão dos bichos também é controlada e muito agradável. O galpão dos brinquedos não tinha aquecimento sob o piso, portanto era um pouco mais frio. A energia elétrica consumida com isso tudo é bastante alta. Aquecedores a gás completavam o conjunto. Fazer calor no inverno requer mais energia que em outras estações, assim como acontece com os organismos vivos, pois no frio queimamos mais calorias para mantermos nossa temperatura e energia, simples assim. Quanto mais baixa a temperatura mais esforço para manter o equilíbrio térmico. Mas tudo tem limite, pois, se as pessoas pulassem na neve peladas para emagrecer, elas morreriam de hipotermia.

Durante toda a estadia membros da turma gostavam de ir para fora sentir o frio a avermelhar a ponta do nariz e as bochechas, além de falar soltando fumaça de ar quente pela boca. O termômetro fixo na parede indicava que a temperatura interna era 25º C, enquanto a temperatura externa variava entre quatro e treze graus negativos.

Daril falou:

— Quando o céu está límpido, o frio é mais intenso, já que as nuvens retêm calor.

A turma toda estava pasma com uma natureza tão diversa daquela a que estava acostumada. Foram nadar na piscina aquecida em ambiente climatizado enquanto do outro lado das grandes janelas viam-se árvores cobertas pela neve, lebres e esquilos num frio superior ao de um freezer.

David apareceu para informar que todos deveriam estar prontos às dezenove horas para descerem à cidade para jantar em um restaurante famoso de fondues, que podem ser de queijo ou carne, com direito ao último de frutas e chocolate para sobremesa.

No caminho para o restaurante, passaram por muitas lojinhas charmosas no coração do centrinho da cidade, onde várias pessoas transitavam por um minitúnel e pelas ruelas com seus cães e muitas crianças a brincar em paz e sintonia.

Já no restaurante de madeira escura, depararam-se com uns dispositivos circulares chamados de réchaud que continham fogo para aquecer pequenas panelas. Uma combinação de queijos derretidos, vinho e sabe-se lá mais o quê; segredo, disse o garçom.

— Quais os queijos aqui dentro? — insistiu Jezebel.

E o senhor respondeu:

— Bebam o leite, não queiram saber a cor da vaca, é um segredo guardado a sete chaves. — E o garçom acrescentou apenas que as panelas devem ser untadas com um pouco de alho cru.

— Aqui na internet mostra como é fácil fazer este troço aí! — bradou Luíza com o celular na mão.

— Pode ser que o segredo esteja no pão, e ninguém faz pão como os franceses — respondeu David.

Na verdade, ele estava sendo modesto, pois sabe-se que os franceses têm centenas de métodos diferentes para fazer seus notórios queijos, ou seja, imaginem as combinações. Certamente haveria uma infinidade de variações.

Repousavam à mesa garfos de longas hastes com pontas tridents onde logo estariam cravados pedacinhos durinhos de pães da melhor qualidade para serem imersos em queijo derretido nas panelas de barro. Para não haver confusão, tinha bolinhas pintadas de cores diferentes para cada par dos garfos-espetos, então num jogo de seis cores, até doze espetos imersos em cada panela. Assim, só de brincadeira alguém poderia furtivamente apropriar-se de um garfo alheio, já que cada um escolhe a sua cor com direito a dois espetos, enquanto um está imerso o outro está servindo ou sendo abastecido de pão para juntar-se à panela.

Todos se fartavam com a divertida e deliciosa refeição e combinaram voltar para experimentar a fondue de carne, onde, em vez do pão, pequenos pedaços de carne eram espetados em seus garfos para serem mergulhados em óleo quente e, depois, vários tipos diferentes de molhos os aguardam.

— Fiquem tranquilos — ponderou Damian —, fomos instruídos a levá-los aos melhores restaurantes e logo ao lado temos outro restaurante conhecido por seus suflês. Outra especialidade da região são os escargots, muito deliciosos.

— O que é isso? — perguntou Clara.

— São moluscos gastrópodes terrestres de concha espiralada calcária. Acho que podem ser chamados de caramujos, por assim dizer. A diferença pode estar na concha que cada um carrega nas costas. Uma delícia — respondeu Daril.

— Lesmas? — protestou Luíza enquanto as meninas faziam cara de nojo.

— Tecnicamente não, pois as lesmas não carregam nas costas suas casas, mas, como não comemos suas residências, acabamos por comer as lesminhas de dentro — completou David sorrindo e tentando apaziguar os semblantes.

— Eu quero muito experimentar! — disse Cauan.

— Eu também — disse Cícero.

— Eu também — disse Clara destoando do resto das meninas.

— Então, vamos todos, come quem quiser — concluiu Damian.

— Eu certamente vou pedir outro prato — completou Jezebel.

Da mesa onde estavam podia-se ver pela janela uma linda sinagoga e uma pista de gelo para patins descoberta, do tamanho de uma quadra poliesportiva. Vários casais com crianças brincando, uma fila de pessoas aguardando por cachorros-quentes cujos pães são espetados num metal quente para aquecê-los e abrir caminho para diferentes tipos de salsichas e molhos. Outra fila aguardava por crepes de diversos sabores vendidos em quiosques ambulantes à margem da rua. Ao redor, guerras de neve e cachorros rolando para todo canto, num reino de pura alegria.

Óbvio que eles não viam a hora de experimentar estes crepes e cachorros-quentes, mas naquele momento eles estavam se empanturrando de fondue de queijo.

Então satisfeitos, após uma longa caminhada pela cidade, os turistas retomaram o caminho mágico para o chalé de charrete puxada por enormes cavalos com longos pelos nas patas que mais pareciam botas.

Na entrada da propriedade eles notaram pela primeira vez a placa com o nome *Le Bruyère*, e um dos anfitriões esclareceu tratar-se de uma linda flor.

O caminho da entrada ao chalé tinha uns cem metros e, ao chegarem ao chalé principal, repentinamente apareceu o grande cão Hulk, especialista no resgate de pessoas perdidas na montanha, que voltava da casa de sua namorada e latia por atenção.

— Esse nosso cão guia e resgate de fato é tão grande como a jumenta de vocês, mas manso como um gatinho — disse um dos irmãos sem saber o quanto Morena pode ser agressiva.

Hulk ignorou Morena, que estava dentro do chalé junto à janela miando em alto volume, perto de um aquecedor, seu lugar favorito, e, acompanhados pelo grandalhão, todos foram ver como estavam os outros na mansão dos bichos.

Ao chegarem, o grande cão rosnou alto para o bodezinho, que berrou um caprichado "mééééé" e baixou a cabeça mostrando seus chifres afiados, fazendo o grandão entender que a melhor opção é ficar muito amigo do bode endiabrado. Pink Valente transitava normalmente ignorando a todos como sempre, inclusive o animal com o nome de super-herói.

Samadhi tinha ido com eles ao restaurante, permanecendo quieto de baixo da mesa.

A turma testemunhou que os bichos se comportavam como se fossem amigos de uma vida inteira. A lebre apareceu com seus seis filhotes por detrás da grande vaca peluda Mimosa a ruminar, curiosa por uma olhadela. Os bichos comemoravam com Princesa e Príncipe a chegada do pessoal.

Após discutir se poderiam ou não levar alguns dos animais de estimação para uma breve visita ao chalé principal, os irmãos votaram e o resultado foi dois a um, venceu uma breve visita para o bode Príncipe e a porca Pink que acabou por durar a noite toda.

E isso iria se repetir apesar de ir contra as regras impostas por Daniel, o que jamais é aconselhável. Qualquer visita de animais de médio porte dentro do chalé principal deveria ser brevíssima, e o pai dos anfitriões era bastante rígido, mas os bichos se comportaram muito bem, sem quebrar, sujar ou bagunçar nada. Outra verdade é que no grande galpão os bichos se divertiam muito e estavam muito bem instalados.

Damian tinha dois metros de altura e grande envergadura. Com suas bochechas rosadas e sorriso sempre estampado no rosto, ele impressionava pela simpatia e pelo tamanho. Dedicava-se constantemente a brincar com Hulk, que babava sem parar e latia como um leão, caso leão latisse. A impressão que dava era de que toda a estrutura tremia ao reverberar os latidos do grande cão. Os três irmãos são responsáveis pela propriedade, pelos bichos e pelos brinquedos que logo seriam apresentados à turma.

David adentrara avisando que a meteorologia local previa um amanhã sensacional e sugeriu que todos fossem dormir e descansar, pois o galo que morava no galpão dos animais costumava cantar bem cedo. Mal sabia ele que agora teria uma mula e um bode a acompanhar a cantoria.

— Nós sabemos muito bem o que é acordar com o canto de um galo, basta saber se vocês sabem o que é acordar com o canto da mula Princesa e do bode Príncipe — disseram as meninas aos irmãos que fizeram rostos estranhos assentindo sem saber ao que elas se referiam.

Todos aos seus aposentos, cansados e de banho tomado, foram dormir ansiosos pelas novas aventuras, descobertas e desafios que aquele local maravilhoso ainda ofereceria.

Rebecca agarrada à Princesa.

Ana agarrada à Pink Valente.

Luíza agarrada ao Samadhi.

Clara agarrada ao bode Príncipe.

Cauan agarrado à Morena.

Cícero decidira tentar a sorte dormindo no chalé dos animais e acordou na manhã seguinte coberto por vistosos esquilos de caudas peludas. Por ser o único adulto entre os turistas, ele foi o único a acompanhar os irmãos anfitriões nas taças de vinho tinto nacional do jantar, o que explicou sua opção por dormir no feno.

— Uma ou duas taças de vinho tinto ajudam a dissolver o queijo, a relaxar e a rejuvenescer principalmente graças ao resveratrol que ajuda em tudo — disse Damian.

Cícero, que não tinha o costume de tomar vinho, acabou tomando duas taças e acordou com uma grande dor de cabeça.

O PRIMEIRO DIA NA MONTANHA

Amanheceu um dia notável de muito sol e frio.
Após o delicioso café da manhã a turma seguiu David ao enorme galpão de brinquedos, próximo ao outro ocupado pelos animais, na outra extremidade da propriedade, e puderam ver um corvo brincar de rolar na neve numa pequena elevação junto às árvores. Cauan pensou que, quando retornasse ao Brasil, seu amigo de asas já deveria estar ocupado supervisionando o voo de seus filhotes.

O fato é que a pequena porta do galpão camuflava o que na verdade era um grande portão, que se mostrava ao toque de um botão, permitindo a passagem dos brinquedos maiores, como três carros, dois tratores sobre esteiras rolantes para andar sobre a neve, um pequeno e outro grande; trenós de vários tamanhos, e dois carrinhos de abrir caminho na neve parecidos com aqueles usados para cortar a grama. Como se já não bastasse, ali também estavam outros veículos chamados de *snowmobiles*, que mais se parecem com *jet skis* com tamanhos diferentes para levar até quatro pessoas. Abaixo deles, as mesmas esteiras rolantes dos tratores (parecidas com as usadas em alguns tanques de guerra), só que preenchendo totalmente a parte de baixo, para maximizar a tração. *Snowbikes* diferiam das bicicletas que a turma conhecia, pois no lugar das rodas havia esquis ou esteiras em diferentes configurações, embora todas fossem movidas a pedal.

— Até um *banana boat* adaptado para ser puxado sobre a neve tem por aqui — comentou Jezebel.

Vários outros acessórios espalhados ordenadamente ali estavam para expedições nas montanhas em quaisquer estações. Algumas boias penduradas no teto junto aos esquis, *snowboards* e trenós de diferentes tipos e tamanhos. Uns de madeira, outros de plástico ou algum tipo de fibra. Uns até sem possibilidade de mudar o curso, ou seja, estes serviriam apenas para mirar montanha abaixo traçando mentalmente qual seria a melhor rota e se jogar, pois tampouco existia a possibilidade de frear. Doideira total. Notando o olhar atento de Cícero, Daril interveio:

— Com estes aí só com muita reza, ou amarrados a cachorros ou cavalos em terreno plano. — E o impasse mental de Cícero estava resolvido.

Com tempo para usar a maioria dos brinquedos, os primeiros escolhidos por votação foram os trenós pendurados no teto. Os aventureiros puseram-se a subir a pé o morro para então descerem sentados apostando quem chegaria primeiro ao chalé, e assim fizeram várias vezes.

Daril indicou uma trilha em meio às árvores e gritou:

— Aquela trilha vai dar na cidade. São trinta e três quilômetros só de descida e quem chegar por último é mulher do padre! — O suficiente para dar início à corrida dos vários trenós. Os cachorros corriam ao lado acompanhados pelo bode, devidamente agasalhados. A cada salto, eles afundavam na neve até o peito, exigindo grande esforço, mas eles se divertiam tanto quanto o resto da turma.

Chegaram ao centro de Megève já na hora do almoço e, famintos, comeram crepes e cachorros-quentes nos quiosques da praça principal.

— Eu preferi o crepe com açúcar e limão — disse Ana.

— Eu preferi o de queijo com presunto — disse Rebecca.

— O melhor de todos é o de banana com chocolate — foi a vez de Clara dizer sua preferência.

— Vamos comer todos para decidir! — disse David em tom de brincadeira, e continuou: — Calma, vamos ter oportunidade para provar todos.

O resto da turma nem falava por estar de boca cheia.

Cauan e Cícero foram direto ao carrinho dos cachorros-quentes e adoraram o processo do espeto quente, os pães, as salsichas, mas a mostarda era para lá de picante.

Eles tinham trazido os quitutes dos bichos na mochila e, após toda aquela comilança, ainda passaram em uma *croissanterie-bistrot* para dividir como sobremesas croissants recheados com maçã e canela, chocolate ou banana, e ainda mil-folhas fresquinhos e crocantes. Então eles serviram-se de grandes canecas com leite e chocolates quentes e mergulharam alguns dos pães com forma de caranguejo (os croissants) dentro.

Perto dali os carros do ponto de táxi tinham suportes no teto para carregar as mais diversas coisas, como os trenós que eles usaram. As pessoas ao redor acharam estranho um bode por ali, mas por se tratar de uma cidade turística essa "anomalia" não apenas era permitida, mas apreciada.

Um dos irmãos permanecera no chalé aguardando o chamado para descer com o furgão para ajudar no transporte de volta, e com mais três táxis todos puderam voltar. Uma motorista entre os taxistas era muito simpática e não parava de rir. Hulk tomou o espaço todo do bagageiro do carro dela. Daril e Jezebel resolveram subir de charrete.

Exaustos, ao chegarem livraram-se das botas e roupas pesadas para entrarem na piscina previamente aquecida, com direito a uma sauna antes de uma delicada salada com queijos como jantar.

— Incrível vocês comerem saladas após o prato principal e não como entrada, como é o costume brasileiro — comentou Clara.

— E com frutas e queijos maravilhosos também — emendou Luíza.

— Na verdade, parte dos franceses come saladas na entrada. Eu ainda vou abrir um restaurante onde começaria a servir pelas sobremesas, tudo ao contrário. Aposto que fará muito sucesso — disse Daril. — Eu acho que o costume mais seguido pelo mundo é comer saladas antes do almoço e depois do jantar.

Enfim, todos concordaram que não havia consenso sobre o tema, mas que o mais importante era comer saladas.

Terminado o leve jantar, a turma encheu as mãos com nozes frescas e foi matar saudades dos amigos que não participaram das atividades do dia, e, recebidos com o habitual entusiasmo, muitas lambidas, mugidos e grunhidos, lá permaneceram por bom tempo antes do retorno ao chalé principal, da ducha, dos pijamas e do tombo em suas respectivas camas.

— Apraz enormemente a festa que os queridos bichos nos fazem quando nos veem, não é mesmo? — comentou Luíza antes de pregar os olhos e roncar.

10

CAMINHADA NA MONTANHA

Outro belo dia, menos frio que o dia anterior, amanhecia lentamente por detrás das montanhas. Após o delicioso café da manhã, Damian sugeriu que eles poderiam caminhar por algumas das trilhas pela floresta usando raquetes de tênis por sob os pés para não afundarem na neve fofa. Todos concordaram entusiasmados, pois haveria de ser um lindo passeio com direito a um forte exercício físico, o que todos apreciam muito.

Devido a sua grossa pele com pelos em abundância, o cão Hulk era usado para caçar ursos e procurar por pessoas soterradas por avalanches; bem-vestidos, Samadhi, Pink Valente e o bode Príncipe acompanhariam a turma. As faces das meninas demonstraram medo com a ideia de uma avalanche e, notando isso, Damian informou que, caso isso ocorresse, a conduta certa seria manter a calma e fazer pipi, pois se o pipi escorresse da barriga para o queixo seria sinal de que se estaria de cabeça para baixo, mas, se o pipi escorresse perna abaixo, isso indicaria que o correto seria cavar para cima, torcendo sempre para não haver muita neve sobre a cabeça.

— Manter a calma ajuda a preservar o oxigênio. — E continuou: — Não dá para ver, mas ao redor da base dos pinheiros adultos existem consideráveis buracos, pois a neve barrada pela extremidade dos galhos não consegue atingir os troncos. Ou seja, isto pode prover um abrigo natural que pode salvar caso se tenha que passar uma noite na floresta gelada protegido do vento, ou servir de armadilha para quem cair em velocidade e se machucar, pois é difícil sair lá de baixo, pior castigo para esquiadores experientes.

— Com roupa adequada e, se possível, algum rum, é sempre muito melhor — completou David, apontando para o minibarril de carvalho cheio que Hulk sempre carrega na grossa coleira.

— Essa é a parte boa da aula? — perguntaram juntas Jezebel, Rebecca e Ana, claramente assustadas.

— Sério! — finalizou enfaticamente o outro irmão, calado até então, informando ainda: — Lá embaixo — apontando para uma fresta por onde se podia ver por um vão até a profundidade da base da árvore — pode-se ainda encontrar ar, caso a avalanche não derrube todas as árvores por onde passar.

Ninguém achou muita graça em todas as informações fornecidas, e todos ficaram pensativos por uns cinco minutos, até que um dos irmãos pontuou saber muito bem onde poderia haver risco de avalanche e eles passariam longe dessas localidades, e a turma turista voltou a respirar um pouco mais aliviada. Os três irmãos adoram adicionar emoção a tudo.

Começado o percurso pela trilha em zigue-zague que parecia não ter fim, apareceu diante deles uma família de belos cervos, e a turma instintivamente congelou sem saber se corria perigo. Com seus enormes chifres à frente, o cervo macho colocou-se entre sua família e a turma aventureira. A cerva fêmea logo atrás, atenta aos seus três filhotes. O bode Príncipe caminhou até perto deles para tentar "quebrar o gelo", quando Hulk uivou e pôs a família de cervos a saltar para longe.

— Que cena linda — manifestou-se Cauan.

— Que animais maravilhosos — completou Cícero.

Num momento memorável, a turma testemunhara o primeiro contato de perto com animais selvagens na Europa. Mais à frente havia muitas outras pegadas, e Cauan identificou prontamente tratar-se de uma família de lebres selvagens parecida com a família abrigada no grande galpão-chalé dos animais da propriedade. Misturadas a essas pegadas, o índio apontou outras pertencentes aos esquilos que estavam nas árvores sobre suas cabeças olhando o que se passava abaixo, e todos olharam para cima, testemunhando dezenas de charmosos esquilos com suas caudas peludas a servir-lhes como abrigo, todos com olhar curioso para a turma aventureira abaixo.

O passeio não poderia ser mais bacana, quando eles se depararam com um grande lago que servia para pesca no verão e pista de patinação para alguns no inverno. Sua superfície estava congelada, mas a cada passo rumo ao centro o gelo ficava mais fino e num canto ao longe uma grande ursa saltava e batia suas patas dianteiras no solo congelado para quebrá-lo, com seu filhote ao lado a imitá-la.

Hulk manteve-se quieto e os outros animais o copiaram. A contenção do grande cão indicou prontamente que ali poderia estar um problema além de sua capacidade de defesa. A ursa estava fazendo um buraco no solo para pescar e a turma ficou quieta a admirar a força bruta do animal, que, após muita persistência, quebrou o gelo e mergulhou por um bom tempo, enquanto seu filho demonstrava-se preocupado e ansioso. O momento de tensão acabou quando a ursa apareceu na superfície com um peixão na boca e seu filhote saltitava de alegria. Esta família estaria alimentada e a turma caminhou com parcimônia na direção oposta à dos ursos. É certo que seria muito perigoso deparar-se com uma ursa mãe, pois ursos são bastante rápidos, sobem em árvores e podem ser muito violentos. Caso se sentisse ameaçada, principalmente por ter seu filhote ao lado, eles estariam em grande perigo, com pouquíssimas chances de escapar. Damian guardou sua arma de munição de dardos tranquilizantes, mantida sob os casacos junto ao corpo, e disse:

— Pessoal, escapamos de uma boa. Esses dardos podem demorar uns minutos para fazer efeito em um animal daquele tamanho, então vamos celebrar ainda estarmos com nossas cabeças, braços e pernas presos a nossos corpos.

Certamente Hulk e Samadhi iriam se sacrificar intervindo contra qualquer ataque da ursa, mas será que eles iriam retardá-la pelo tempo necessário para o resto da turma escapar? E o anfitrião respirou aliviado.

— Quais são as chances de a ursa voltar? — perguntou Ana, demonstrando bastante preocupação.

— Zero. Com um peixe daquele tamanho, nosso cheiro e toda a algazarra que estamos fazendo, ela certamente ficará bem distante — respondeu Damian.

— Assim espero — adicionou David.

E, finalmente, eles chegaram à outra margem do lago, retiraram as raquetes sob seus calçados e puseram-se a andar cuidadosamente sobre a camada de gelo, até se sentirem confortáveis com a sustentação provida, e começaram a brincar de pega-pega escorregando felizes como nunca, pois sobreviveram a um encontro com uma grande ursa e seu filhote.

Samadhi fincava suas unhas e corria para abrir suas patas e cair de barriga deslizando longas distâncias sobre o tórax. Hulk, Pink e o bode Príncipe começaram a imitá-lo. Todos brincaram no gelo por mais de uma hora, quando Damian sugeriu que eles retomassem a caminhada, pois adiante haveria mesas e cadeiras esculpidas em troncos de árvores, ideais para o piquenique que o forte jovem carregava em sua grande mochila.

Ao chegarem, o chocolate quente trazido numa garrafa térmica e os sanduíches de pão com manteiga, queijo e salame foram devorados pela turma faminta, que imediatamente encontrou-se disposta a retomar novamente a caminhada, agora rumo a um mirante de onde só se pode chegar com muito esforço e persistência.

A vista lá de cima era simplesmente deslumbrante.

No dia anterior, os anfitriões haviam deixado alguns veículos com esteiras rolantes para o retorno da turma ao chalé, o que foi muito apreciado. Estes minitratores com esteiras rolantes costumeiramente são usados para todos os serviços nos Alpes, inclusive fazer as pistas menores, pois existem versões deles bem maiores. Os três irmãos, além de serem donos em partes iguais de um *ski lift*, também trabalhavam fazendo pistas por um bom dinheiro, diversão e senso comunitário.

Em outra oportunidade, a turma adorou andar nos tratores fazedores de pistas maiores sobre a neve fofa nos locais íngremes de grande altitude.

Após mais duas horas de passeio por outras localidades vizinhas com estes adoráveis brinquedos, eles chegaram a outro charmoso chalé com mirante e aproveitaram para completar o estômago com deliciosos filés malpassados com molho *béarnaise*[9] — e batatas fritas no restaurante que ali persistia em existir.

O passeio de volta, as montanhas e os vales foram emocionantes. Estavam exaustos pela caminhada e ao chegarem tombaram de cansaço mais cedo do que o habitual, apenas havendo energia para um último boa-noite.

No dia seguinte eles iriam se aventurar em trenós puxados por cães especiais e a noite ainda trouxe a promessa de mais um novo dia cheio de novidades.

---

9   *Béarnaise* é um típico molho francês, à base de vinagre, cebola, estragão e pimenta.

11

TRENÓS PUXADOS POR CÃES, PATINAÇÃO E HÓQUEI NO GELO

Quando, ao nascer do sol, o galo cantou, a mula relinchou e o bode berrou, já parecia que eles estavam de volta em suas próprias casas. Mas, felizmente, ao abrirem as janelas, depararam-se novamente com aquele visual de tirar o fôlego, plenamente coberto pela neve branca com muitas montanhas pontiagudas que desafiavam romper o céu azul.

O farto café da manhã cheio de croissants, queijos e geleias de vários tipos, xícaras com chocolate derretido no leite das vacas das montanhas na temperatura certa já os aguardava e, ao se sentarem à mesa, tudo era consumido numa rapidez impressionante.

Já que o pai das duas irmãs desde sempre alertara para a importância de se chupar uma laranja ao acordar, devido à vitamina C, isso sempre fazia parte das refeições matinais.

A turma estava ansiosa pelo começo de mais um dia de aventuras nos gélidos Alpes franceses.

David informou que eles deveriam aguardar a chegada do criador com seus cães das raças husky siberiano e malamutes-do-alasca, que puxariam os trenós guardados no galpão dos brinquedos, quando a campainha soou anunciando o passeio.

O trajeto escolhido seria por uma trilha entre duas grandes montanhas até outra cidade onde se reservou uma mesa para eles almoçarem em um lindo e tradicional restaurante. A turma engoliu o restante do café matinal e correu para o local onde aguardavam os gorros, casacos, luvas, botas e cachecóis com o objetivo de sair o mais ligeiro possível, cumprimentar e conhecer os famosos atletas puxadores de trenós.

Cada trenó era puxado por três pares de cães, mais outro à frente a liderar. Samadhi, Hulk, Pink Valente e Príncipe ora correriam ao lado dos trenós que deslizavam sobre a neve em alta velocidade, ora subiam de carona.

Eram ao todo três trenós e vinte e um cães puxadores. Seus condutores se comunicavam com seus cães por meio de diferentes assobios e palavras de ordem e carinho. Tamanha era a disposição e resistência dos cães, que o passeio foi fantástico e durou o dia todo.

Ao chegarem de volta ao chalé, primeiramente eles telefonaram para seus pais para contar a aventura do dia enquanto a sauna esquentava e a piscina borbulhante aguardava.

Antes de dormir, eles permaneceram bastante tempo na varanda da sala principal; uns jogando dominó enquanto outros participavam de um torneio interno de xadrez, tudo sob o límpido e magnífico céu enluarado montanhês.

E outro dia amanheceu imitando a beleza do dia anterior, sem quaisquer nuvens. O termômetro marcava três graus negativos fora do chalé e durante o café da manhã Daril foi logo avisando que eles deveriam se preparar, pois em uma hora charretes-carruagens chegariam para eles descerem à cidade para conhecer a pista oficial de patinação no gelo, onde ocorreria um jogo de hóquei importante.

A turma conhecia hóquei sobre patins de rodas e imaginava a diversão que seria ver um jogo sobre patins de gelo, ainda por cima um jogo oficial valendo posição no campeonato nacional.

Aproveitaram a hora que restava para brincar com todos os bichos no celeiro e, quando se escutou uma corneta, correram ao encontro das três carruagens puxadas por cavalos de musculatura hipertrofiada com largas patas onde dos joelhos para baixo a quantidade e grossura dos pelos cobriam os cascos, lembrando a largura das patas dos elefantes. Eram da mesma linhagem de cavalos que eles já tinham avistado na cidade, mas apenas uma das meninas tinha tido a chance de andar em uma daquelas charretes/carruagens que vamos apenas chamar de carruagens.

As carruagens tinham esquis maiores que elas próprias, tipo os trenós do Papai Noel, mas, no lugar de renas, cavalos majestosos tratados a "pão de ló". Cascos brilhosos, crinas e caudas longas e com diferentes tipos de tranças, pelo brilhoso como se estivesse caído de um salão de beleza.

Os passageiros subiram e cobriram-se com cobertores quando os condutores de barbas volumosas fizeram um "hayeeeê" seguido por um assobio para dentro parecido com um forte zumbido, que era o comando para que os cavalos começassem a puxar.

A descida durou quase uma hora e o passeio foi incrível. As carruagens contavam com uns freios especiais que mediante uma alavanca ajudavam os cavalos a frear, principalmente caso houvesse gelo no solo. Quando chegaram ao palácio de patinação, assim que desceram foram acariciar e beijar os cavalos, que os agradeciam relinchando.

Na porta tudo estava bastante iluminado e uma fila de pessoas se agrupava para entrar. Um conhecido de influência se encontrava pronto para recepcionar a turma, e por uma passagem lateral especial para as equipes competidoras, autoridades e pessoas escolhidas a dedo. O prédio tinha altas proporções e o telhado era uma enorme construção de vidro.

Então a turma foi conduzida à primeira fileira de assentos no centro logo atrás, junto aos jogadores, com a melhor vista possível da quadra de patinação. Os melhores lugares, talvez. O pai de Jezebel realmente não medira esforços para proporcionar à turma uma viagem inesquecível.

As equipes de jogadores apareceram por uma entrada central, cada uma dirigindo-se a um lado do "campo de batalha". Vários patinadores com seus uniformes especiais coloridos, um vermelho, verde e branco; outro laranja, azul e preto. Todos patinavam rapidamente em aquecimento. O aquecimento dos goleiros foi interessante de se ver. Após alguns jogadores patinarem na pequena área dos gols, as equipes iam atirando o disco contra seus próprios goleiros de forma rápida e contínua, sem deixar tempo para os goleiros pensarem. Parecia uma metralhadora de discos voando em direção a cada gol. Cada goleiro usa uma máscara mais horripilante que a outra, para se proteger e ampliar a emoção.

O juiz jogou uma moeda de cara e coroa para ver quem escolheria começar a partida com a posse do disco ou o lado da quadra.

Os jogadores substitutos pularam para um lugar junto à quadra, especialmente reservado para eles. Cada equipe "no seu quadrado". Em lados opostos, uma portinha aparentemente ignorada liberava o acesso destes jogadores à quadra de patinação.

Soou o apito para o início do jogo e os jogadores das duas equipes começaram a patinar velozmente. Era um jogo decisivo contra o time titular de outra cidade francesa chamada Toulouse, por uma melhor classificação no Campeonato Nacional.

Os jogadores pareciam enormes em seus uniformes acolchoados. Em suas volumosas luvas, um taco para conduzir um disco que desliza rápido no gelo, é de borracha maciça, e pode ser bastante perigoso quando "voa" em alta velocidade.

O objetivo é driblar ou defender, movimentar o disco e fazer a maior quantidade de gols numa velocidade fenomenal. Todos patinam tão bem de frente como de costas, habilidosos como se tivessem aprendido a patinar antes mesmo de andar. Pura adrenalina.

Com uma pista de sessenta e um metros de comprimento, trinta metros de largura, as extremidades arredondadas e um gol de um metro e oitenta de largura por um metro e vinte de altura, os jogos duram uma hora dividida em três tempos de vinte minutos. Valem somente os minutos de jogo com o disco em movimento. São seis jogadores de cada lado, cinco à frente e um no gol.

Só então a turma "se ligou", saudada de forma direta por três dos jogares que deslizavam, que se tratava dos irmãos ali conhecidos por DDD — David, Daril e Damian — jogando pela equipe de Megève.

Todos os jogadores tinham capacetes e protetores bucais, pois, além de o jogo poder se tornar um tanto violento, acidentes são inevitáveis.

Os jogadores se revezavam constantemente com aqueles sentados nos bancos a aguardar sua hora de entrar na arena. Ouviam-se eventuais choques entre dois ou mais jogadores a disputar a posse do disco.

Foi o máximo! O placar ficou em cinco a quatro para Megève, que ganhou de Toulouse pela diferença de apenas um gol.

A turma estava muito orgulhosa pela presença marcante de seus anfitriões enquanto aguardavam ansiosos junto à saída para os atletas.

Certamente todos iriam comemorar com os vencedores em um restaurante local, conforme já havia sido planejado. Eles iriam provar a famosa fondue de carne — ou seja, pequenos pedaços de filé-mignon mergulhados no óleo quente —, todavia agora era preciso muito mais cuidado, pois óleo quente é óleo quente, correto? Diferentes molhos aguardam em seus devidos recipientes para banhar os pequenos pedaços de carne fritos ao ponto de cada consumidor, e tudo foi muito apreciado por todos, pois tinha molhos para todos os gostos.

Eles haviam gostado tanto das horas que ficaram no Palácio de Patinação que decidiram lá retornar para patinar ao final de todos os dias depois de esquiar, à exceção dos finais de semana, quando muitos turistas invadem a cidade. Clara pontuou que patinar no gelo não deveria ser muito diferente dos patins de rodas que elas dominavam — ledo engano. Os patins sobre rodas não escorregam/deslizam lateralmente. David confortou todo mundo ao avisar que ele e seus irmãos iriam se alternar para ajudá-los a dominar as pistas de gelo, ou seja, a turma teria patinadores profissionais como professores.

Só com muito preparo físico e disposição para patinar depois de um dia inteiro de esqui, mas, para citar a teoria da relatividade de forma simples, as horas passadas no puro prazer de esportes agradáveis, beleza e bons amigos parecem minutos, enquanto ao lado de pessoas chatas, fazendo o que não gosta, parecem dias.

Terminado o banquete, eles foram direto para suas camas dormir satisfeitos à espera do novo dia, que seria cheio de novidades.

(INVERNO)

LIVRO IV

12

SNOWMOBILES

Amanheceu e todos já estavam à mesa degustando seus deliciosos croissants recheados com chocolate ou maçã, como se não comessem há uma semana. Breve, todos estavam satisfeitos e prontos para um novo dia de aventuras sobre os *snowmobiles*.

Um *snowmobile* poderia ser vulgarmente conhecido como uma moto da neve. O bodinho berrou com a aproximação do barulho dos motores e todos subitamente terminaram o café da manhã para ver o que acontecia fora do chalé. Tinha *snowmobiles* para todos, já com seus tanques abastecidos, prontos para o longo passeio que fariam sobre as pistas e trilhas da montanha, e todos se aprontaram para mais um dia de aventuras com capacetes, é claro. O destino seria um restaurante no topo de uma montanha onde teriam grandes filés com fritas.

Já do lado de fora, todos sustentavam bochechas prontamente avermelhadas pelo frio. Seria um passeio de mais de cem quilômetros respirando o ar da montanha num ambiente pra lá de lindo. No caminho, avistaram esquilos, cervos, lebres, e agora uma alcateia de lobos da neve. Acima, águias e gaviões exibiam suas habilidades. Falcões-peregrinos são os animais mais velozes do mundo, podendo ultrapassar os trezentos e cinquenta quilômetros por hora. Os lobos uivaram com Samadhi, que estava numa cesta atrás de um dos *snowmobiles*, enquanto Hulk, em outra de maior tamanho, no maior *snowmobile* existente, reforçava a cantoria. Devido à acústica do local, com o eco parecia que a alcateia de lobos da floresta no Brasil cantava junto, como vozes do além. Será que haveria outras alcateias por perto?

Passaram por vales, chalés, cercas, esquilos, lebres, cervos, lagos em parte ou totalmente congelados, corvos e demais pássaros maravilhosos, além de árvores de tamanhos e tipos diferentes, num verdadeiro paraíso. Pura glória!

Eles até se aventuravam por trilhas cheias de curvas traçadas por esquiadores, por vezes entre árvores, e até com necessários saltos quando era preciso segurar forte no guidão, tirar o bumbum do assento para manter o equilíbrio e não causar acidentes.

Eles chegaram de volta ao chalé à noite, com todos os tanques de gasolina já na reserva, e foram direto para o delicioso ritual, piscina, sauna, banho, cama.

13

ESQUI ALPINO E HELIGÓPTERO

Amanheceu outro dia coroado por um café da manhã delicioso e um límpido céu azul. A turma seria apresentada ao esqui de fundo, ou *cross-country skiing*, como é chamado nos países anglo-americanos; ou ainda *ski de fond*, como se fala na França. Mas em primeiro lugar eles decidiram conhecer o esqui alpino. Diferente do *ski de fond*, que tem os calcanhares das botas soltos para se poder fazer uma espécie de cooper, no esqui alpino os calcanhares são presos para maior estabilidade em altas velocidades e nas indispensáveis curvas montanha abaixo. Atualmente existe a opção de esquis alpinos que servem para as duas modalidades de acordo com a habilidade e conveniência de cada esportista, conforme exige o terreno, obviamente; todavia essa forma híbrida atende aos dois tipos de esquiagem de forma incompleta, alguns podem sugerir.

— O primordial é as botas estarem confortáveis. Cada marca atende melhor a um formato e tipo de pé — disse David —, assim como não se podem vestir meias em excesso — completou.

O melhor de tudo é que os três irmãos seriam seus professores, então eles caminharam morro abaixo até uma loja de esportes onde cada um comprou seus próprios esquis, luvas, viseiras, capacetes, enfim, tudo de que precisavam, cortesia do pai de Jezebel. Eles iriam usar esses equipamentos em outras oportunidades, assim justificou-se a compra no lugar de alugá-los.

Os irmãos ajudaram Cauan, Cícero e as meninas em cada etapa da preparação. Após o tempo necessário, todos estavam prontos para subir pela primeira vez as montanhas em teleféricos em forma de pequenos vagões de trem. Na segunda e terceira etapas da subida na montanha eles usariam um teleférico em forma de bolha que se abria para carregar até oito pessoas, preso a um grosso cabo de aço.

Do cume da montanha eles poderiam ir para qualquer cidade vizinha, mas, como iniciantes, começaram pelas pistas verde e azul, mais adequadas para o momento de aprendizagem.

Na segunda semana eles já estavam descendo a maioria esmagadora das pistas sem grandes dificuldades, mesmo as pretas, que são as mais difíceis. Ficavam nas pistas o dia todo, pois eram os primeiros a chegar e os últimos a sair. Almoçavam e lanchavam nas pistas para não perder tempo voltando para o chalé apenas quando as pistas estavam a ponto de se fecharem aos usuários. Estavam enfeitiçados pelo esporte.

Na terceira semana, auxiliada pelos anfitriões, a turma toda já descia qualquer barranco. Eram fenômenos no esqui alpino.

— Vocês já estão preparados — disse Damian.

— Amanhã, subiremos outra montanha, aonde só se chega de helicóptero — disse David.

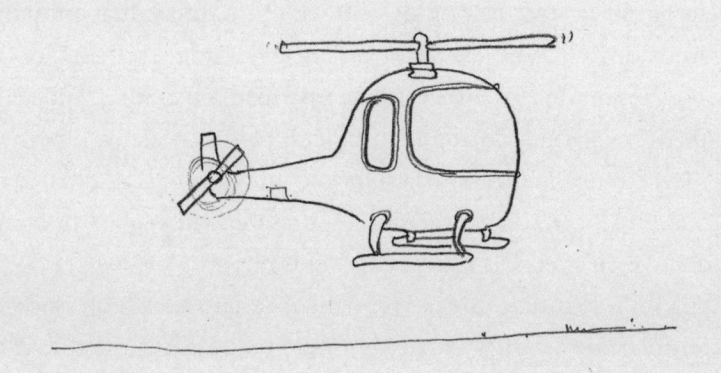

Todos adormeceram felizes e liquidados com o costumeiro cansaço após um dia inteiro de esportes, esta noite ansiosos para acordar e voar de helicóptero.

A descida daquela montanha seria irada, mas eles confiavam muito nos irmãos. Sobrevoar uma altíssima montanha de helicóptero seria inesquecível, e de fato foi.

Era um grande helicóptero e ao embarcarem foram cumprimentados por um piloto de semblante jovial apesar dos cabelos brancos, muito cordial e simpático, o que lhes transmitiu um bom grau de confiança.

O piloto perguntou à turma se a maioria queria um voo tranquilo ou com emoção, e todos responderam preferirem um voo com muita emoção.

E, apertados os cintos de segurança, o piloto subiu rápido e alto na vertical, e fez um inesperado looping somente vivenciado pela turma nas montanhas-russas mais radicais.

Todos ficaram brancos como se tivessem perdido todo o sangue do corpo, mas ninguém vomitou, o que foi um alívio.

— Fiquem tranquilos que nosso piloto sabe muito bem o que faz! — disse Damian.

E o piloto virou o rosto para o amigo e deu uma intensa risada.

Mal começara o dia e a adrenalina da turma já estava a mil.

A turma estava feliz e deslumbrada voando sobre vales, florestas, animais e enormes montanhas cobertas pelo branco da neve. Corações saltitavam na velocidade do helicóptero e em antecipação pelo que haveria de ser descer no pico de uma altíssima montanha no modo off-road,[10] pois ali não havia pistas feitas pelo homem.

No desembarque, o piloto enfiou o nariz do helicóptero na neve, mantendo-o suspenso no ar, tamanho era o declive, e comandou a todos:

— Desçam que o vento está forte e não é bom manter a aeronave aqui por muito tempo.

Eles abriram a porta lateral e rapidamente desembarcaram um a um.

Águias sobrevoavam.

---

10 Off-road significa fora da estrada. O termo é utilizado para designar atividades esportivas praticadas em locais que não possuem estradas pavimentadas ou caminhos de fácil acesso.

— Mas que heliporto que nada! — falou enfaticamente Damian após todos estarem prontos para a descida.

A neve fofa ofereceu certa dificuldade para eles calçarem seus esquis, mas ao final deu tudo certo e eles começaram a descida para um pequeno chalé onde um acolhedor casal de idosos os serviria um delicioso chocolate quente, conforme previamente organizado pelos anfitriões.

David descia na frente procurando manter uma distância de uns cem metros dos demais e Damian desceu atrás de todos, por segurança. Se alguém despencasse, David seguraria, se alguém ficasse para trás por qualquer motivo, Damian ajudaria.

A técnica necessária para esquiar em neve fofa é totalmente diferente, pois é preciso colocar peso um pouco para trás, dobrar um pouco mais os joelhos e distribuir o equilíbrio de maneira mais uniforme entre as pernas. Também é preciso muito condicionamento físico e força para efetuar as viragens, pois a neve fofa prende os esquis e, por vezes, esquia-se com a neve na altura dos joelhos, enquanto, nas pistas feitas por tratores, as ondulações ajudam nas viragens.

Rebecca foi a quarta a descer e a primeira a cair rodopiando, até ser segurada por David, que impediu sua trajetória desfiladeiro abaixo. Ela se levantou cuspindo neve pela boca. Perdera uma de suas luvas e seu gorro, mas, mesmo com o rosto coberto de neve, ostentava um sorriso bastante largo para quem havia despencado morro abaixo por uns duzentos metros. Toda aquela neve não fora capaz de freá-la, tamanha a inclinação morro abaixo.

Damian desceu recolhendo os bastões que Rebecca deixara cair ao longo de sua queda e todos continuaram a descida da imensa montanha da forma mais prudente possível, usando tudo o que tinham aprendido, respeitando deveras a magnitude da natureza, ao máximo de suas capacidades físicas.

A descida levou bastante tempo, o que foi apreciado de diferentes formas pelo resto da turma, que aproveitou o tempo de recomposição da Rebecca para descansar.

É aconselhável afrouxar um pouco, não muito, a fixação das botas nos esquis quando se esquia entre árvores e/ou gelo sobre a neve fofa, pois assim procura-se evitar alguma lesão mais séria em algum joelho. Os esquis partem, os joelhos ficam, por assim dizer.

Enfim chegaram. E o senhor do casal que os esperava, acompanhado pelo sorriso da senhora, disse:

— Mais um grupo maluco de aventureiros por estas bandas. Vocês são os primeiros brasileiros. Mas que juventude bonita e bem-vinda.

E após um gostoso papo com seus simpáticos anfitriões montanheses e muito chocolate quente, recuperado o fôlego e a coragem, todos estavam motivados para a segunda etapa da descida até o platô onde os esquiadores comuns podiam subir em *ski lifts*, onde haveria mais pistas como vermelhas, outras de maior dificuldade classificadas como pretas, e os barrancos.

Aparentemente os irmãos gostavam dos barrancos. A primeira descida em uma pista preta já era um passado distante e agora novamente o desafio diário era esquiar onde não havia pistas, mas barrancos com neve fofa, muito mais difícil de virar, outra técnica. Imbicar barranco abaixo é inviável. Fazer curvas entre as árvores é difícil, mas necessário. Evitar o perigo de cair nos buracos formados pela falta da neve embaixo dos grandes pinheiros, assim como o de receber uma galhada no rosto ou pescoço e mesmo o de dar de frente com um tronco, é sempre algo deveras salutar.

Neste dia, o pessoal descia em fila indiana em alta velocidade, e, enquanto passavam por vários animais silvestres, do nada apareceu um riacho. Não tinham tempo para pensar, não tinham espaço ou como frear, mesmo porque causaria engavetamento. Então todos saltaram sobre o riacho no automático reflexo inerente ao instinto de autopreservação. Medo era um atributo ineficaz e perigoso, aliás, não tinham tempo para ter medo. Confiança no anfitrião que esquiava à frente e certamente sabia o que fazia é tudo!

— Atenção e equilíbrio! — gritava um dos irmãos, completando: — Sintam o frescor do ar e escutem o barulho da neve sob os esquis que seus corpos farão o necessário para vocês sobreviverem. Condicionamento físico e técnica vocês já têm.

Com astúcia, audácia e técnica a turma provou estar esquiando muito bem. Ao pararem num único momento no meio da descida, eles avistaram ao longe a equipe olímpica juvenil francesa esquiando outro caminho análogo ao deles, e o sentimento de orgulho próprio tomou conta da turma, fortalecendo a moral de todos.

Excelente, a turma já esquiava sem maiores problemas em qualquer tipo de terreno e neve. Até mesmo com o gelo, que requer técnicas de derrapagem, a turma já estava bastante familiarizada.

Treinada "desde sempre", a garotada tem as pernas muito fortes por conta dos diversos esportes praticados intensamente a vida toda.

Extremamente exaustivo, ou mesmo impossível para a maioria das pessoas, o grupo esquiava fora das pistas a maior parte do tempo, o que representava mais desafios. Eles desciam onde não havia sequer um traço de esqui na neve, apenas pegadas de animais silvestres.

Antagonicamente, a turma também adorava esquiar em pistas com muito gelo.

Desaconselhável é esquiar sozinho por questão de segurança, mesmo para os esquiadores mais experientes. Equipamentos quebram e acidentes acontecem.

Esquiar fora das pistas abarca a sensação de grande liberdade, em um parquinho de diversões particular. O poder do gosto experimentado ao encontrar-se mais perto das estrelas devido à altitude de quase quatro mil metros é indescritível.

A altitude é um dos motivos pelo qual homens e mulheres se arriscam a subir as altas montanhas do planeta pondo à prova a capacidade de superação física para estarem mais perto dos céus, mesmo que seja necessário o uso de máscaras de oxigênio, em algumas circunstâncias.

Por vezes, a turma toda brincava de descer as montanhas, cada um fazendo um traçado diferente na neve. Traçados distintos são essenciais ao esquiar, pois o atrito de abrir caminho na neve fofa serve para diminuir um pouco a velocidade. Pegar muita velocidade montanha abaixo pode ser um grande problema. Vez ou outra paravam para olhar os traços deixados acima, admirando a trama deixada na neve.

Por força do terreno, no susto, sem tempo ou quaisquer alternativas eles saltaram em altíssima velocidade sobre mais um riacho de um ponto mais alto para outro, quando o translado exigia atravessar uma densa floresta por entre as grandes árvores com seus profundos buracos, armadilhas junto aos troncos. Que emoção! Por vezes, eles tinham que velozmente se deitar na parte de trás de seus esquis e levantar o mais rápido possível, após passarem por baixo de um grosso galho ou árvore tombada, impossível de quebrar com as pernas ou no peito. Adrenalina pura!

Esquiar desta forma tinha que ser algo intuitivo, sem muito tempo para pensar.

Os irmãos sabiam dos perigos e dos desafios e julgaram que a turma estava pronta para todas as dificuldades, inclusive o salto improvisado. Após isso tudo, eles ainda esquiaram por sobre o teto de um chalé abandonado para saltar novamente morro abaixo. Foram dias únicos de esqui que até muitos dos mais experientes jamais tiveram a oportunidade de experimentar.

Mais um sonho realizado que deixaria muita saudade.

Por fim, eles chegaram a outra cidade vizinha, pararam para desfrutar de outro chocolate quente e pegaram táxis de volta a Megève, indo direto para o Palácio de Patinação até a hora de subir ao chalé.

Ao chegarem, foi a hora de esquentar uma deliciosa *harira*, sopa marroquina típica do Ramadã feita por uma ajudante que aparecia no chalé a cada dois dias chamada Haniyyah, preparar uma tábua de queijos e frios, finalmente dormir como anjos.

A turma nem teve forças para dar muita atenção aos bichos de estimação.

O silêncio do local era ensurdecedor.

14

A INVASÃO E A PROVA

Todos os dias eles esquiavam dentro e fora das pistas, entre árvores e em barrancos, atravessando fazendas, riachos e florestas. Chegaram muitas vezes a invadir propriedades privadas e subir em diversos telhados e até chegaram a ser perseguidos por cachorros. Em um episódio, Luíza prendeu seus esquis em uma cerca de arame farpado que delimitava uma propriedade, coberta pela neve. Neste dia, ao ver um par de olhos olhando por uma janela, eles acabaram por bater à porta da casa desculpando-se pela invasão e depararam-se com outro simpático casal de velhinhos, felizes com a surpresa.

Após uma longa conversa, descobriram que este casal anfitrião era amigo de décadas do casal de idosos que anteriormente os recepcionaram no topo da montanha do helicóptero.

Obviamente, além do bom papo e muito chá, eles não conseguiram sair antes de saborear uma deliciosa torta, especialidade da patroa da casa.

A lua já se apresentava plena iluminando o caminho e a turma despediu-se do casal e ao luar desceu esquiando para mais outra cidadela, pegou mais táxis para retornar ao chalé, pois devido ao avançar da hora, era a forma que restava.

Quantas aventuras!

Eles combinaram terminar os dias de esquis sempre em cidades vizinhas diferentes. Então o percurso de táxi nos retornos sempre respeitava as obrigatórias paradas no Palácio de Patinação, algum outro evento ou restaurante e, finalmente, o chalé, quando já era noite. Dia após dia, noite após noite.

Passadas umas três semanas desta rotina maravilhosa, Daril anunciou:

— No dia seguinte haverá uma surpresa para lá de apimentada para todos vocês, e preparem-se, pois o boletim meteorológico já anunciou muito sol, a neve estará espetacular e eu inscrevi a turma toda numa competição de esqui chamada Flecha.

— Dentre as diversas modalidades de competição, a Flecha é quando se desce uma longa pista em alta velocidade passando por entre bandeiras azuis e vermelhas. Quem chegar mais próximo do melhor tempo de descida entre os três melhores esquiadores profissionais disponíveis ganha a medalha mais próxima do ouro. Então temos a *flechette*, a *flèche*, a *flèche de bronze*, a *flèche d'argent*, a *flèche vermeille* e, finalmente, a *flèche d'or*, do mais lento ao mais próximo do melhor tempo de descida; da medalha de entrada para a medalha de bronze, de prata, da mistura do ouro com prata e, finalmente, da medalha de ouro — David explicou.

O início da competição estava marcado para as onze horas da manhã.

Cícero e as meninas começaram a esquiar suavemente logo cedo, para aquecerem-se bem antes da prova.

Então a turma descobriu que os irmãos DDD (David, Damian e Daril) foram os três melhores esquiadores da região disponíveis que disputaram a descida mais rápida a servir como parâmetro aos demais competidores.

Um a um eles desceram duas vezes a longa pista com se fossem uma bala de revólver disparada, pois era para valer e eles eram deveras competitivos.

Todos os irmãos tinham *Esquis de Ouro*, a única medalha de ouro maciço só para aqueles com medalhas de ouro em todas as modalidades de prova existentes. Elas brilhavam no peito de cada um dos irmãos, que já esquiavam antes mesmo de aprenderem a andar, quando subiam com esquis sobre tapetes rolantes, pequenas pistas para iniciantes.

David foi o vencedor por dois milésimos de segundo. As meninas e Cauan ganharam a *flèche* de bronze, e Cícero perdera um de seus esquis no meio da prova, mas terminou-a com apenas o outro, mostrando grande habilidade, muito bom para quem não nascera com esquis nos pés.

Como uma pequena chuva caíra na costa de uma montanha formando uma película de uns três milímetros de gelo sobre a neve fofa, diferente das instruções dos irmãos, Cícero e Cauan decidiram esquiar entre as árvores.

Cauan chegou em cima da hora, quando um fiscal distribuía números para os últimos competidores, sendo que o número posterior ao seu já havia começado sua descida.

Cícero também chegou atrasado à largada, pois fora ao banheiro e, sem tempo para pensar em mais nada, se esqueceu de reapertar a fixação de suas botas aos esquis. Ele atravessou a fila e, assim como Cauan, fez a prova fora da ordem determinada pelo número estampado no fino colete emprestado aos competidores.

Na metade da descida, numa curva mais enfática com o solo já cavado pelos vários competidores que o precederam, Cícero perdeu um de seus esquis.

A parte interessante foi que, naquele exato momento, um fotógrafo profissional registrou Cícero curvado em plena curva com a bandeira vermelha às suas costas e seu esqui voando para longe, e pendurou na parede principal de sua loja a foto de mais de um metro de comprimento, imortalizando o momento.

Sensacional foi o fato de Cícero conseguir terminar a prova com apenas um dos esquis ainda com o tempo necessário para ganhar a *Flechette*.

Óbvio que eles tiraram uma foto da grande foto na parede da loja, no centro da cidade de Megève, para mostrar à cidade toda de Rio Pequeno Cícero como um herói internacional.

Mais precavidos, Cauan e as meninas aqueceram-se na pista lateral à pista da competição inclusive para analisá-la minuciosamente, e administraram o tempo a ponto de irem a uma loja especializada para forrar a parte de baixo de seus esquis com cera para fazê-los deslizar mais rápido.

Foi a primeira competição séria para todos, ninguém queimou a largada e os irmãos estavam muito orgulhosos de seus aprendizes, que agora ostentavam suas medalhas de alta performance.

E assim alternaram-se os dias entre esquis e todos os demais possíveis entretenimentos existentes, sempre com a patinação no gelo ao final do dia, pelo menos três vezes por semana.

Cauan arrumou uma linda namorada ruiva que se chamava Katherine, e o novo casal patinava de mãos dadas o tempo todo.

Cícero e as meninas fizeram novas amizades com pessoas locais e outras vindas dos mais longínquos cantos do planeta.

Os irmãos eram os únicos que usavam patins de hóquei, cujas lâminas tinham um formato de lua minguando, além daquele tiozinho de cabelos brancos e boina quadriculada.

Todos praticavam esportes por muitas horas todos os dias, portanto era normal a turma tombar cedo nas camas e dormir como pedras.

Quanto aos animais, eles também aproveitaram novas atividades, amigos, lugares diferentes e um ar apenas existente no alto das montanhas. Morena foi a única que permaneceu a maior parte do tempo feliz dentro do lindo chalé. Não gostou muito do frio ou de tocar a neve que lhe servia apenas como objeto de fascínio, pois quando acordada ficava a admirá-la boa parte do dia e da noite.

Por vezes até que ela arriscou, sem sucesso, ir ao encontro dos outros animais, mas sabemos que gatos podem ser muito independentes. Ela aproveitava a noite para se aconchegar junto ao restante da turma.

15

A DESPEDIDA

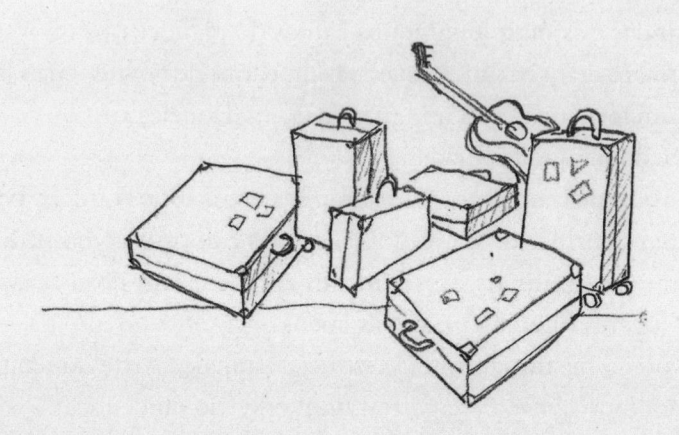

O final das férias se aproximava e a turma se entristecia quando pensava nisso, mesmo que, paradoxalmente, se alegrasse com a ideia de rever suas famílias e todos os queridos que haviam ficado para trás.

— Não se preocupem — lembrou David. — Quando voltarem, tudo estará igualzinho como vocês deixaram.

A impressão de que nada mudou quando voltamos de uma viagem é bem comum.

E a turma lançou de volta olhares de agradecimento. Eles estavam realizados e agradecidos por todas as experiências, amigos e conhecimentos adquiridos.

No penúltimo dia antes de partirem, a turma fez um voo de balão que durou o dia todo.

Na véspera da volta ao Brasil, os irmãos presentearam a turma com outra aventura inesperada.

Voar de asas-deltas!

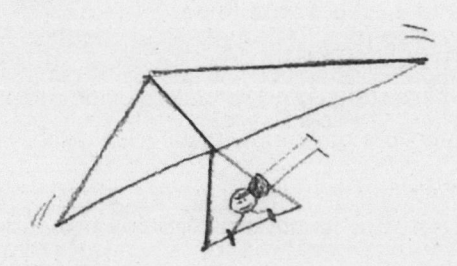

A turma toda empalideceu.

— Isto mesmo — confirmou Daril. — Amanhã vamos todos voar de asas-deltas.

— Como assim? — perguntou o intrépido Cícero, ansioso por mais detalhes.

— Amanhã — continuou David — iremos ao topo de uma grande montanha de helicóptero, e a desceremos de asas-deltas.

— Não se preocupem — pontuou Damian —, andar de bicicletas é comprovadamente o esporte mais perigoso que existe. — E deu uma imensa gargalhada.

Então David tomou a palavra novamente:

— Vocês estarão devidamente amarrados a instrutores qualificados, e depois vão me contar se preferiram voar de helicóptero ou de asas-deltas, ok?

— OK — responderam todos em coro. Mas um frio nas barrigas já se manifestava. Era uma mistura de medo e ansiedade pelo desconhecido.

Todos foram para suas camas sem emitirem quaisquer outros sons, apenas imaginando o que o amanhã reservava para cada um. Poderia ser o último dia de suas vidas?

Acordaram bem cedo e rapidamente fizeram suas camas. Foram à mesa do café da manhã, que praticamente passou despercebido. Escovaram seus dentes para se juntarem na sala principal do chalé com os três irmãos, que já os aguardavam.

— Alguém tem alguma pergunta? — adiantou-se David.

— Eu tenho — disse Clara. — O Samadhi pode voar dentro da minha mochila com a cabeça para fora?

— Claro — respondeu Daril.

O cachorro olhava tudo como se soubesse que iria participar de algo interessante e começou a dar pulos de alegria ao saber que participaria de outra nova aventura.

Então todos vestiram os pesados casacos protetores contra o frio intenso das grandes altitudes, pois com o céu límpido e o vento lá em cima enfrentariam uma sensação térmica de até dezoito graus negativos.

Surgiu o barulho das hélices do helicóptero que se aproximava.

— Vamos indo — adiantou-se Luíza, acompanhada por todos sincronicamente.

E eles entraram na aeronave, que havia pousado em uma área livre entre os chalés, ainda com suas hélices em rotação. Cumprimentaram o conhecido piloto com um aceno de cabeça, pois o barulho só é aplacado quando os fones de ouvidos são colocados, e sentaram-se para imediatamente afivelarem seus cintos e partir novamente em voo. Preparados para mais um looping.

O cão olhava para tudo, incrédulo de que voava de helicóptero.

Foi novamente um passeio de helicóptero maravilhoso.

Lá em cima, foram instruídos a não pararem de correr na rampa de decolagem para asas-deltas, e só.

— É só? — perguntaram ao mesmo tempo Ana e Rebecca.

— Sim — responderam os três irmãos acompanhados pelos demais voadores incumbidos das diversas asas-deltas.

Desnecessário falar que foi a coisa mais fantástica que todos fizeram na vida.

O medo acabou no momento que eles puderam comprovar a imensa sustentabilidade que as asas-deltas ofereciam.

O voo foi simplesmente alucinante.

O único barulho era o vento que fazia.

— Planar é algo maravilhoso! — gritou Jezebel no limite máximo de seus pulmões.

As águias novamente acompanhavam tudo, agora voando junto às asas-deltas.

— Um dia uma águia pousou sobre uma asa-delta em pleno voo — disse um dos instrutores a uma das meninas.

Como o vento era intenso sobre um cenário de inverno paradisíaco, eles voaram pela primeira vez por mais de cinco horas seguidas, sempre acompanhados pelas supremas águias, que pareciam crocitar alto em comemoração às novas companhias. Eles jamais haviam imaginado que um voo de asa-delta pudesse durar tanto tempo, apenas utilizando-se das correntes ascendentes de vento.

Ao pousarem, eles se entreolharam em êxtase, realizados como se não houvesse mais nada para ser feito na vida. Viveram a atmosfera como nunca tinham imaginado.

O pouso foi uma facilidade, e alguns choravam de emoção.

Recentemente a turma tinha experimentado o universo subaquático.

A superfície era conhecida, mas agora eles realmente experimentaram voar longe de grandes aviões ou quaisquer motores, como se as asas fossem parte do próprio corpo de cada um. Sensacional!

— Que lugar é esse?! — berrou Clara para a imensidão.

O dia seguinte seria o dia da despedida, então eles desceram para Megève para jantar com os irmãos e os instrutores de voo no restaurante mais badalado da cidade.

Já no chalé, terminaram a noite fazendo suas malas com todos os presentes comprados. As meninas levaram diversas maquiagens e perfumes. Eles haviam comprado pelo menos um presentinho para cada familiar, e obviamente para os pais de Rebecca e de Jezebel, que haviam proporcionado grande parte da viagem.

Cauan enchera sua mochila com barras de chocolate.

Eles mal acreditavam em tudo o que haviam vivenciado.

A comoção da despedida apenas foi salva de tanta tristeza devido a um telegrama que chegou na hora certa, avisando que o pai de Jezebel e de Rebecca, com a anuência do senhor Daniel, pais dos irmãos anfitriões, combinaram que todos já estavam convidados a desfrutar novamente em Megève o próximo inverno, quando os pais de todos estariam presentes.

Então, uma felicidade intangível invadiu o ambiente e os irmãos prometeram cuidar de todas as roupas mais pesadas de frio e equipamentos comprados para o próximo ano.

Hulk uivava em despedida, acompanhado pela vaca, pelo galo e pela galinha do estábulo.

Agora a turma partia de volta para o Brasil ansiosa pelo próximo inverno.

O lugar é tão bom quanto quem ali habita, sempre dizia o papai Edu.

Mas certamente existem lugares especiais independente disso.

Eles estavam eternamente gratos e felizes.

— Acalmem-se! — disse Damian. — Nada mudará e nós estaremos por aqui a lhes esperar no inverno do ano que vem.

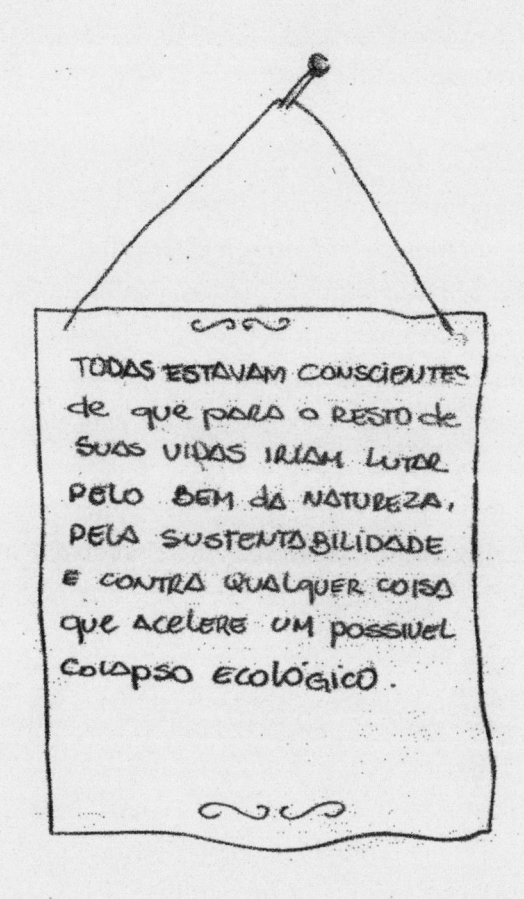

> TODAS ESTAVAM CONSCIENTES de que para o resto de suas vidas iriam lutar pelo bem da natureza, pela sustentabilidade e contra qualquer coisa que acelere um possível colapso ecológico.

Fim.

FONTE Adobe Garamond
PAPEL Pólen Natural 80 g/m²
IMPRESSÃO Paym